DIANA

Das Buch
Chile Anfang der siebziger Jahre. Im Hofe eines Gefangenenlagers sehen die Häftlinge eines Abends verblüfft, wie eine alte, rauchende Messerschmitt Verse aus der Genesis in den Himmel schreibt. Das war der erste »aeropoetische« Auftritt von Carlos Wieder. Zu diesem Zeitpunkt weiß der Erzähler noch nicht, dass er den tollkühnen Piloten-Dichter, der bald zum Star des Pinochet-Regimes aufsteigt, kennt. Doch schnell wird zur Gewissheit, dass es niemand anderes ist als der mysteriöse Alberto Ruiz-Tagle, dem er zum ersten Mal in der Literaturwerkstatt der Universität von Concepción begegnete. Dort fiel Ruiz-Tagle durch seine gepflegte Erscheinung und sein Auftreten auf, das genauso geheimnisvoll und distanziert war wie seine Gedichte und besonders die Studentinnen beeindruckte.
Hin und her gerissen zwischen Faszination und Abscheu zeichnet Roberto Bolaño das schillernde Porträt eines Blenders, eines geheimnisvollen Mannes mit vielen Namen, dessen einzige Moral die Ästhetik ist und der auch vor Gewalt nicht zurückschreckt.

»Ein Meister des Stils, dessen Fähigkeiten sich sofort darbieten: Genauigkeit, Kürze, Ironie und ein Schweben über seiner eigenen Geschichte. Vielleicht wäre sogar Borges, wenn er Neid gekannt hätte, darauf neidisch gewesen.«

Frankfurter Allgemeine Zeitung

Der Autor:
Roberto Bolaño, geboren 1953 in Santiago de Chile, erhielt 1999 den wichtigen lateinamerikanischen Literaturpreis »Romulo-Gallegos«. Nach Pinochets Militärputsch wurde er 1973 verhaftet, saß ein halbes Jahr lang im Gefängnis und ging danach ins Exil nach Spanien. Mit seiner Familie lebt er in Blanes in der Nähe von Barcelona.

Roberto Bolaño

Stern in der Ferne

Roman

Aus dem Spanischen von
Christian Hansen

DIANA VERLAG
München Zürich

Diana Taschenbuch Nr. 62/0223

Die Originalausgabe
»Estrella distante«
erschien bei Anagrama, Barcelona 1996

Taschenbucherstausgabe 02/2002

Der Diana Verlag ist ein Unternehmen der
Heyne Verlagsgruppe München
Printed in Germany 2002

Umschlagillustration: The Image Bank/Fred Licht
Umschlaggestaltung: Hauptmann und Kampa
Werbeagentur, CH-Zug
Satz: Schaber Satz- und Datentechnik, Wels
Druck und Bindung: Elsnerdruck, Berlin
Gedruckt auf chlor- und säurefreiem Papier.

ISBN: 3-453-19606-6

http://www.heyne.de

Für Victoria Ávalos und Lautaro Bolaño

Welcher Stern fällt, ohne dass ihn jemand sieht?

William Faulkner

Das letzte Kapitel meines Romans *Die Naziliteratur in Amerika* schildert in vielleicht allzu schematischer Form (auf wenig mehr als zwanzig Seiten) die Geschichte des chilenischen Luftwaffenleutnants Ramirez Hoffman. Sie wurde mir von meinem Landsmann Arturo B. erzählt, Veteran der Blumenkriege und Selbstmörder in Afrika, der mit dem Ergebnis nicht zufrieden war. Das letzte Kapitel der *Naziliteratur* diente als Kontrapunkt oder auch als Antiklimax der literarischen Groteske, an die es sich anschließt, und Arturo wünschte sich eine längere Geschichte, die nicht Spiegel und Explosion anderer Geschichten, sondern Spiegel und Explosion ihrer selbst wäre. Also schlossen wir uns für anderthalb Monate in mein Haus in Blanes ein und erstellten anhand des letzten Kapitels und des Diktats seiner Träume und Alpträume den jetzt vorliegenden Roman. Meine Aufgabe beschränkte sich darauf, Getränke bereitzustellen, einige Bücher zu Rate zu ziehen und mit Arturo und dem mit jedem Tag lebendigeren Phantom Pierre Menards über die Gültigkeit vieler wiederholter Passagen zu diskutieren.

1

Das erste Mal sah ich Carlos Wieder 1971 oder 1972, als Salvador Allende Präsident von Chile war.

Damals nannte er sich Alberto Ruiz-Tagle und nahm gelegentlich an der Literaturwerkstatt von Juan Stein in Concepción, der heimlichen Hauptstadt des Südens, teil. Ich kann nicht sagen, dass ich ihn gut gekannt hätte. Ich sah ihn, wenn er zu den Sitzungen kam, ein- oder zweimal die Woche. Er redete nicht besonders viel. Ich schon. Die meisten von uns redeten viel. Nicht nur über Gedichte, sondern auch über Politik, über Reisen (von denen damals niemand ahnte, dass sie das sein würden, was sie nachher waren), über Malerei, Architektur, Fotografie, Revolution und über den bewaffneten Kampf, mit dem für uns ein neues Leben und eine neue Epoche anbrechen sollte, der jedoch für die meisten von uns wie ein Traum war, oder richtiger, wie der Schlüssel, der uns Zugang verschaffen würde zu den Träumen, die das Einzige waren, für das es sich zu leben lohnte. Und obwohl uns vage bewusst war, dass Träume sich oft in Alpträume verwandeln, kümmerte uns das wenig. Wir waren zwischen siebzehn und dreiundzwanzig Jahre alt (ich war achtzehn) und studierten fast alle am Fachbereich für Geisteswissenschaften, ausgenommen die Schwestern Garmendia, die Soziologie und Psychologie studierten, und Ruiz-Tagle, der sich irgendwann einmal als Autodidakt bezeichnet hatte. Über Autodidakten in Chile vor 1973 gäbe es eine Menge zu sagen. In Wahrheit wirkte er nicht wie ein Autodidakt, zumindest nicht *äußerlich.* Die Autodidakten in Concepción, im Chile der frühen siebziger Jahre, waren nicht so gekleidet wie Ruiz-Tagle. Sie waren arm. Immerhin aber sprach er wie ein Autodidakt. Er sprach, wie wir jetzt vermutlich alle sprechen, die wir noch am Leben sind (er sprach so, als lebte er inmitten einer Wolke), doch für jemanden, der nie einen Fuß in eine Universität gesetzt hatte, war er zu gut angezogen. Ich will nicht behaupten, er wäre elegant gewesen – obwohl, auf seine Weise war er es durchaus – oder hätte sich auf eine bestimmte Art gekleidet. Er besaß einen eklektischen Geschmack, erschien manchmal in Anzug und Krawatte, gelegentlich auch sportlich gekleidet; er war durchaus kein Verächter von Bluejeans und T-Shirts. Aber ganz gleich, was Ruiz-Tagle anhatte, immer war es teure Markenkleidung. Mit einem Wort, Ruiz-Tagle war elegant, und das entsprach nicht dem Bild, das ich damals von den chilenischen Autodidakten hatte, die ständig zwischen Irrenhaus und Verzweiflung pendelten. Er erwähnte einmal, dass sein Vater oder Großvater in der Nähe von Puerto Montt ein Landgut besessen habe, und dass er – wie er weiter erzählte oder wir ihn Verónica Garmendia erzählen hörten – mit fünfzehn Jahren den Entschluss fasste, die Schule aufzugeben, um sich der Feldarbeit und der Lektüre der väterlichen Bücherbestände zu widmen. Für alle Teilnehmer von Juan Steins Literaturwerkstatt stand fest, dass er ein guter Reiter war. Ich weiß nicht, warum, denn nie haben wir ihn auf einem Pferd gesehen. In Wirklichkeit waren alle Vermutungen, die wir über Ruiz-Tagle anstellen konnten, durch unsere Eifersucht oder auch unseren Neid vorbestimmt. Ruiz-

Tagle war groß, schlank, dabei kräftig, und sah gut aus. Bibiano O'Ryan fand, er hätte zu kalte Gesichtszüge, um gut auszusehen, aber natürlich behauptete er das im Nachhinein, und also zählt es nicht. Warum waren wir auf Ruiz-Tagle eifersüchtig? Der Plural ist übertrieben. Ich war es, der eifersüchtig war. Möglich auch, dass Bibiano meine Eifersucht teilte. Den Anlass boten selbstverständlich die Schwestern Garmendia, eineiige Zwillinge und die unangefochtenen Stars der Literaturwerkstatt. Letzteres in einem Maße, dass wir (Bibiano und ich) zuweilen den Eindruck hatten, Stein würde die Werkstatt einzig und allein ihnen zuliebe veranstalten. Ich gebe zu, sie waren die Besten. Verónica und Angélica Garmendia, an manchen Tagen einander so ähnlich, dass es unmöglich war, sie auseinander zu halten, an anderen Tagen wieder (in anderen Nächten vor allem) so verschieden, dass man sie für einander fremd, wenn nicht gar für Feindinnen hätte halten können. Stein verehrte sie. Er und Ruiz-Tagle wussten als Einzige immer ganz genau, wer von beiden Verónica und wer Angélica war. Über sie zu sprechen, fällt mir unendlich schwer. Manchmal erscheinen sie mir in meinen Alpträumen. Sie sind so alt wie ich, vielleicht ein Jahr älter, sind groß, schlank, von dunkler Hautfarbe und haben schwarze, sehr lange Haare, wie es, glaube ich, damals Mode war.

Die Schwestern Garmendia schlossen fast augenblicklich Freundschaft mit Ruiz-Tagle, der sich 1971 oder 1972 für die Werkstatt von Stein einschrieb. Niemand hatte ihn je zuvor gesehen, weder an der Universität noch sonst irgendwo. Stein fragte ihn nicht, woher er käme. Er bat ihn, drei Gedichte vorzulesen, und sagte, sie seien nicht übel (vorbehaltlos lobte Stein nur die Gedichte der Schwestern Garmendia). So blieb er bei uns. Anfangs beachteten wir ihn kaum. Als wir jedoch sahen, dass die Schwestern Garmendia sich mit Ruiz-Tagle anfreundeten, suchten auch wir seine Freundschaft. Sein Verhalten zu jener Zeit bestand in einer distanzierten Herzlichkeit. Nur den Garmendias begegnete er (genau wie Stein) mit unverhohlener Sympathie, äußerst taktvoll und zuvorkommend. Uns übrige behandelte er, wie gesagt, mit einer »distanzierten Herzlichkeit«, das heißt, er grüßte uns, lächelte freundlich, war, wenn wir Gedichte vorlasen, moderat und zurückhaltend in seiner Kritik, verteidigte niemals seine Texte gegen unsere in der Regel vernichtenden Angriffe und hörte uns zu, wenn wir redeten, mit etwas, das Aufmerksamkeit zu nennen ich mich heute nicht mehr getrauen würde, was wir aber damals dafür hielten.

Die Unterschiede zwischen Ruiz-Tagle und uns waren offenkundig. Wir sprachen Slang oder einen marxistisch-mandrakistischen Jargon (die meisten von uns waren Mitglieder oder Sympathisanten des MIR oder trotzkistischer Parteien, der eine oder andere engagierte sich wohl auch in der Sozialistischen Jugend, in der Kommunistischen Partei oder in einer der Parteien der christlichen Linken). Ruiz-Tagle sprach Spanisch. Jenes Spanisch, das typisch ist für einige Gegenden von Chile (weniger physische als geistige Gegenden), in denen die Zeit stehengeblieben zu sein scheint. Wir wohnten bei unseren Eltern (diejenigen, die aus Concepción stammten) oder in ärmlichen Studentenpensionen. Ruiz-Tagle bewohnte unweit des Zentrums ganz allein eine Vierzimmerwohnung, deren Rollos immer heruntergelassen waren. Ich selbst bin nie in der Wohnung gewesen; viele

Jahre später jedoch erzählten mir die Dicke Posadas und Bibiano (schon unter dem Einfluss der verfluchten Legende von Wieder) Dinge darüber, von denen ich nicht weiß, ob ich sie glauben oder der Einbildungskraft meines ehemaligen Kommilitonen zuschreiben soll. Wir waren fast immer blank (lustig, heute das Wort *blank* zu benutzen; es leuchtet wie ein Auge in der Nacht). Ruiz-Tagle litt nie unter Geldmangel.

Was mir Bibiano von Ruiz-Tagles Wohnung erzählte? Vor allem davon, wie nackt sie war, und dass er das Gefühl nicht los wurde, sie wäre präpariert. Ein einziges Mal war er allein dort gewesen. Er kam an dem Haus vorbei und beschloss, ihn ins Kino einzuladen. Typisch Bibiano: kannte ihn kaum und beschloss, ihn ins Kino einzuladen. Es lief ein Film von Bergmann, dessen Titel ich vergessen habe. Bibiano war schon früher in der Wohnung gewesen, stets in Begleitung einer der Garmendia-Schwestern, und beide Male war der Besuch sozusagen erwartet. Schon bei den früheren Besuchen mit den Zwillingen kam ihm die Wohnung präpariert vor, hergerichtet für die Augen der Besucher, sie wirkte allzu leer, es gab Stellen, an denen offensichtlich etwas fehlte. In dem Brief, in dem er dies alles schilderte (er schrieb ihn mir etliche Jahre später), sagte er, er hätte sich gefühlt wie Mia Farrow in *Rosemary's Baby,* als sie das erste Mal mit John Cassavetes in die Wohnung ihrer Nachbarn kommt. Irgendetwas fehlte. Bei der Wohnung in Polanskis Film waren es die Bilder, die fehlten, vorsorglich abgehängt, um Mia und Cassavetes nicht zu erschrecken. In der Wohnung von Ruiz-Tagle fehlte etwas Unbenennbares (oder etwas, das Bibiano viel später, als er die Geschichte bereits kannte oder weitgehend kannte, für unbenennbar, aber allgegenwärtig erachtete), so als hätte der Hausherr Teile seiner Wohnung amputiert. Oder als wäre letztere ein Bausatz, der an die Erwartungen und Eigenheiten eines jeden Besuchers angepasst wurde. Dieser Eindruck verstärkte sich, als er ihn allein besuchte. Selbstverständlich hatte Ruiz-Tagle ihn nicht erwartet. Es dauerte eine Weile, bis er öffnete. Als er es schließlich tat, schien er Bibiano nicht gleich zu erkennen, obwohl dieser mir versicherte, Ruiz-Tagle wäre mit einem Lächeln in der Tür erschienen und hätte keinen Moment lang aufgehört zu lächeln. Es gab wenig Licht, wie Bibiano selbst zugibt, sodass ich nicht weiß, wie nahe mein Freund an der Wahrheit ist. Jedenfalls hatte Ruiz-Tagle die Tür geöffnet, und nach einem mehr oder weniger konfusen Wortwechsel (es dauerte lange, bis er begriff, dass Bibiano gekommen war, um ihn ins Kino einzuladen) schloss er sie wieder, nachdem er Bibiano gebeten hatte, sich einen Moment zu gedulden; kurze Zeit später öffnete er erneut, und diesmal bat er ihn herein. Ein schwerer Geruch hing in dem Raum, als hätte Ruiz-Tagle den Abend zuvor ein kräftiges Essen zubereitet, mit viel Fett und Gewürzen. Einen Moment lang glaubte Bibiano in einem der Zimmer Geräusche zu hören und dachte, Ruiz-Tagle hätte eine Frau bei sich. Er wollte sich schon entschuldigen und aufbrechen, als Ruiz-Tagle ihn fragte, in welchen Film er gehen würde. In einen Film von Bergmann, sagte Bibiano, im Teatro Lautaro. Ruiz-Tagle setzte jenes Lächeln auf, das Bibiano so geheimnisvoll vorkam und das ich selbstzufrieden, wenn nicht sogar ausgesprochen unverschämt fand. Er sagte, es täte ihm Leid, aber er hätte schon eine Verabredung mit Verónica Garmendia, außerdem gefielen ihm die Filme von Bergmann nicht. In dem Augenblick war sich Bibiano sicher, dass sich noch eine weitere Person in der Wohnung befand, jemand, der unbeweglich hinter der Tür stand und seine Unterhaltung mit Ruiz-Tagle belauschte. Er glaubte, es müsse bestimmt Verónica sein, denn wie sollte man sich sonst erklären, dass Ruiz-Tagle, so diskret, wie er immer war, ihren Namen nannte. Aber so sehr er sich auch bemühte, er konnte sich unsere Dichterin beim besten Willen nicht in dieser Situation vorstellen. Weder Verónica noch Angélica Garmendia lauschten an Türen. Aber wer dann? Bibiano wusste es nicht. Er wusste in diesem Moment nur, dass er gehen wollte, sich von Ruiz-Tagle verabschieden und nie wieder diese nackte und blutrünstige Wohnung betreten. Das sind seine Worte. Obwohl die Wohnung, so wie er sie beschrieb, nicht aseptischer hätte sein können. Kahle Wände, die Bücher geordnet in einem Metallregal, die Sessel bedeckt mit Ponchos aus dem Süden. Auf einem Holzbänkchen seine Leica, dieselbe, mit der Ruiz-Tagle eines Nachmittags Fotos von allen Mitgliedern der Dichterwerkstatt geschossen hatte. Durch eine halboffene Tür hindurch sah Bibiano eine ganz normale Küche, ohne die Berge von schmutzigen Töpfen und Tellern, wie sie für die Wohnung eines allein lebenden Studenten typisch sind (aber Ruiz-Tagle war kein Student). Kurz, nichts, was den üblichen Rahmen gesprengt hätte, die Geräusche ausgenommen, die ebenso gut aus der Nachbarwohnung stammen konnten. Während Ruiz-Tagle redete, hatte Bibiano nach eigener Aussage den Eindruck, dass jener nicht wollte, dass er fortginge, dass er nur sprach, um ihn zurückzuhalten. Dieser Eindruck, für den es keinerlei objektiven Anhaltspunkt gab, trug dazu bei, die Nervosität meines Freundes, wie er sagte, ins Unerträgliche zu steigern. Das Seltsamste daran war, dass Ruiz-Tagle die Situation zu genießen schien: Er bemerkte, dass Bibiano immer bleicher wurde und immer mehr ins Schwitzen geriet, und hörte nicht auf, zu reden (über Bergmann, nehme ich an) und zu lächeln. Auf der Wohnung lastete ein Schweigen, das Ruiz-Tagles Worte noch unterstrichen, ohne es im entferntesten zu brechen.

Worüber hatte er geredet, fragt sich Bibiano. Es wäre wichtig, schreibt er in seinem Brief, dass es mir wieder einfiele. Aber so sehr ich mich auch anstrenge, es will mir nicht gelingen. Jedenfalls hielt Bibiano durch, solange er konnte. Dann verabschiedete er sich ziemlich überstürzt und ging. Kurz bevor er auf die Straße trat, begegnete er im Treppenhaus Verónica Garmendia. Sie fragte ihn, ob ihm etwas zugestoßen sei. Was sollte mir zugestoßen sein, erwiderte Bibiano. Ich weiß nicht, sagte Verónica, aber du bist bleich *wie ein Blatt Papier.* Nie werde ich diese Worte vergessen, schreibt Bibiano, *bleich wie ein Blatt Papier.* Ganz anders als das Gesicht von Verónica Garmendia. Das Gesicht einer verliebten Frau.

Es tut weh, sich daran zu erinnern, aber es stimmt. Verónica war in Ruiz-Tagle verliebt. Und vermutlich auch Angélica. Einmal, vor langer Zeit, sprach ich darüber mit Bibiano. Vor allem schmerzte uns, nehme ich an, dass keine der Schwestern in uns verliebt oder wenigstens an uns interessiert war. Bibiano gefiel Verónica, mir Angélica. Nie wagten wir es, ihnen gegenüber auch nur ein Wort darüber zu verlieren, obwohl ich glaube, dass unser Interesse für sie ein offenes Geheimnis war.

Im Übrigen unterschieden wir uns darin nicht von den übrigen Teilnehmern der Werkstatt, die alle, die einen mehr, die anderen weniger, in die Schwestern Garmendia verliebt waren, welche jedoch – oder zumindest eine der beiden – unter dem eigenartigen Bann des autodidaktischen Dichters standen.

Ein Autodidakt, ja, aber wissbegierig, wie wir, Bibiano und ich, befanden, als er auch noch in der Dichterwerkstatt von Diego Soto auftauchte, der anderen führenden Werkstatt an der Universität von Concepción, die mit der von Juan Stein gewissermaßen in ethischer und ästhetischer Hinsicht rivalisierte, obwohl zwischen Stein und Soto das bestand, was man damals Seelenverwandtschaft nannte und wohl auch heute noch so nennt. Die Werkstatt von Soto war aus mir unerfindlichen Gründen am Fachbereich Medizin untergebracht, in einem stickigen, schlecht bestuhlten Raum, der nur durch einen Gang von dem halbkreisförmigen Hörsaal getrennt war, in dem die Studenten während der Anatomiekurse Leichen sezierten. Der Hörsaal roch natürlich nach Formalin. Gelegentlich roch auch der Gang nach Formalin. Und an einigen Abenden – Sotos Veranstaltung fand immer freitags zwischen 20 und 22 Uhr statt, dauerte jedoch meist bis nach Mitternacht – war der Raum so von Formalingeruch erfüllt, dass wir ihn vergeblich zu überdecken versuchten, indem wir eine Zigarette nach der anderen rauchten. Die Teilnehmer an Steins Werkstatt gingen nicht zu Soto und umgekehrt, mit Ausnahme von Bibiano O'Ryan und mir, die wir im Grunde bloß unser chronisches Fehlen in den Uni-Kursen dadurch wettmachten, dass wir nicht nur an beiden Werkstätten, sondern auch an jeder Lesung und kulturellen oder politischen Veranstaltung in der Stadt teilnahmen. Deshalb waren wir überrascht, als Ruiz-Tagle eines Abends bei Soto auftauchte. Sein Verhalten dort war mehr oder weniger das gleiche wie in der Werkstatt von Stein. Er hörte zu, übte sparsame, moderate Kritik, in einem stets liebenswürdigen, höflichen Ton, las seine eigenen Texte mit distanzierter Gelassenheit und nahm selbst die schärfsten Kommentare widerspruchslos hin, als ob die Gedichte, die er unserem Urteil aussetzte, nicht seine *eigenen* wären. Das fiel nicht nur Bibiano und mir auf; eines Abends sagte Diego Soto zu ihm, er schriebe distanziert und kalt. Man könnte meinen, die Gedichte seien nicht von dir. Ruiz-Tagle gab es ungerührt zu. Ich suche noch, antwortete er.

In der Werkstatt am Fachbereich Medizin lernte Ruiz-Tagle Carmen Villagrán kennen und freundete sich mit ihr an. Carmen war eine gute Dichterin, wenn sie auch nicht an die Schwestern Garmendia heranreichte. (Die besten oder vielversprechendsten Dichter saßen in der Werkstatt von Juan Stein.) Dort machte er auch die Bekanntschaft – und schloss Freundschaft – mit Marta Posadas, alias die Dicke Posadas, der einzigen Medizinstudentin in der Werkstatt am Fachbereich Medizin, einem sehr hellhäutigen, sehr dicken und sehr traurigen Mädchen, das Prosagedichte schrieb, aber eigentlich, damals zumindest, den Wunsch hegte, zu einer zweiten Marta Harnecker der Literaturkritik zu werden.

Mit den Männern schloss er keine Freundschaften. Wenn er Bibiano oder mich sah, grüßte er uns höflich, aber ohne das geringste Anzeichen von Vertraulichkeit, obwohl wir uns bei den Veranstaltungen von Stein und Soto etwa acht oder neun Stunden in der Woche sahen.

Die *Männer* schienen ihn nicht im geringsten zu interessieren. Er lebte allein, in seiner Wohnung gab es (Bibiano zufolge) irgendetwas Merkwürdiges, der kindische Stolz, den die übrigen Dichter mit ihren Arbeiten verbanden, ging ihm ab, und er war nicht nur mit den schönsten Frauen meiner Zeit befreundet (den Schwestern Garmendia), sondern hatte auch die beiden Frauen in der Werkstatt von Soto erobert, mit einem Wort: Er war die Zielscheibe der Eifersucht von Bibiano O'Ryan und mir.

Und niemand kannte ihn.

Juan Stein und Diego Soto – für Bibiano und mich die intelligentesten Menschen in Concepción – bemerkten nichts. Die Schwestern Garmendia ebenso wenig, im Gegenteil, bei zwei Gelegenheiten rühmte Angélica mir gegenüber die Vorzüge von Ruiz-Tagle: ernst, korrekt, von klarem Verstand und mit der wunderbaren Gabe, anderen zuzuhören. Selbst Bibiano und ich, die wir ihn hassten, bemerkten nichts. Nur die Dicke Posadas spürte etwas von dem, was hinter der Fassade von Ruiz-Tagle wirklich vor sich ging. Ich erinnere mich an das Gespräch, das wir eines Abends führten. Wir waren im Kino gewesen und saßen anschließend in einem Restaurant in der Innenstadt. Bibiano hatte eine Mappe mit Texten von Leuten aus Steins und Sotos Veranstaltungen dabei, die für seine elfte Kurzanthologie junger Dichter aus Concepción bestimmt waren, die aber wohl keine Literaturzeitung je drucken würde. Die Dicke Posadas und ich fingen an, neugierig in den Papieren zu blättern. Wen wirst du darin aufnehmen? fragte ich, wohl wissend, dass ich zu den Auserwählten gehörte (andernfalls hätte meine Freundschaft mit Bibiano wohl kaum den Abend überlebt). Dich, sagte Bibiano, Martita (die Dicke), Verónica und Angélica natürlich, und Carmen; weiter nannte er zwei Dichter, von denen der eine bei Stein, der andere bei Soto teilnahm, und schließlich noch Ruiz-Tagle. Ich erinnere mich, dass die Dicke einen Moment lang schwieg, während sie mit ihren Fingern (tintenfleckige Finger mit Schmutzrändern unter den Nägeln, was ungewöhnlich schien bei einer Medizinstudentin, obgleich die Dicke, wenn sie auf ihre berufliche Karriere zu sprechen kam, einen so phlegmatischen Ton anschlug, dass niemand im Traum daran glaubte, sie werde jemals ihr Diplom erhalten) in den Papieren blätterte, bis sie auf die drei Manuskriptseiten von Ruiz-Tagle stieß. Nimm ihn nicht auf, sagte sie plötzlich. Ruiz-Tagle? fragte ich und wollte meinen Ohren nicht trauen, denn die Dicke war eine treue Bewunderin von ihm. Bibiano dagegen sagte nichts. Die drei Gedichte waren kurz, keines umfasste mehr als zehn Zeilen. Eines handelte von einer Landschaft, beschrieb Bäume, einen Feldweg, ein Haus abseits des Weges, Holzzäune, Hügel, Wolken. Bibiano fand es »sehr japanisch«; auf mich wirkte es wie ein Gedicht von Jorge Teillier, nachdem dieser eine Gehirnerschütterung erlitten hatte. Das zweite Gedicht handelte von der Luft (es hieß *Luft*), die durch die Ritzen eines Steinhauses drang; hier hatte man den Eindruck, als habe Teillier eine Sprachstörung davongetragen und würde seine literarischen Bemühungen unbeirrt fortsetzen – was mich nicht hätte wundern müssen, da schon damals, 1973, mindestens die Hälfte von Teilliers Jüngern sprachgestört war und unbeirrt weiterschrieb. An das letzte Gedicht erinnere ich mich überhaupt nicht mehr. Ich weiß nur noch, dass an irgendeiner Stelle, in einem unpassenden Moment (so schien es mir zumindest), ein Messer auftauchte.

Warum meinst du, dass ich ihn nicht aufnehmen soll? fragte Bibiano, dessen Kopf auf seinem Arm ruhte, den er der Länge nach über den Tisch gelegt hatte, als wäre der Arm das Kopfkissen und der Tisch das Bett seines Schlafzimmers. Ich dachte, ihr seid Freunde, fiel ich ein. Sind wir auch, sagte die Dicke, trotzdem würde ich ihn nicht aufnehmen. Warum? insistierte Bibiano. Die Dicke zuckte mit den Schultern. Es kommt mir so vor, als seien es nicht seine Gedichte, sagte sie dann, nicht seine *wahren* Gedichte. Ich weiß nicht, ob ihr das versteht. Erklär es uns, sagte Bibiano. Die Dicke sah mir in die Augen (ich saß ihr gegenüber, Bibiano, neben ihr, schien zu schlafen) und sagte: Alberto ist ein guter Dichter, aber bei ihm ist der Knoten noch nicht geplatzt. Du meinst, er ist noch Jungfrau? sagte Bibiano, aber keiner von uns beiden beachtete ihn. Hast du andere Sachen von ihm gelesen? wollte ich wissen. Was schreibt er, und wie schreibt er? Die Dicke lächelte in sich hinein, so als glaubte sie selbst nicht, was sie uns als Nächstes sagen würde. Alberto, sagte sie, wird die chilenische Dichtung revolutionieren. Also hast du etwas von ihm gelesen, oder ist das nur so eine Intuition von dir? Die Dicke schnaubte vernehmlich und schwieg. Ich war neulich bei ihm, sagte sie unvermittelt. Wir blieben stumm, aber ich sah, wie Bibiano, halb auf dem Tisch liegend, lächelte und sie liebevoll ansah. Er hatte mich natürlich nicht erwartet, räumte die Dicke ein. Ich weiß schon, was du sagen willst, nickte Bibiano. Alberto hat sich mir anvertraut, sagte die Dicke. Ich kann mir nicht vorstellen, dass Ruiz-Tagle sich irgendjemandem anvertraut, sagte Bibiano. Alle Welt glaubt, dass er in Verónica Garmendia verliebt ist, fuhr die Dicke fort, aber das stimmt nicht. Das hat er dir gesagt? fragte Bibiano. Die Dicke lächelte, als hütete sie ein großes Geheimnis. Ich mag diese Frau nicht, erinnere ich mich damals gedacht zu haben. Sie ist begabt, intelligent, ein guter Freund, aber ich mag sie nicht. Nein, sagte die Dicke, gesagt hat er es mir nicht, obwohl er mir Sachen erzählt, die er anderen nicht erzählt. Anderen Frauen, meinst du, sagte Bibiano. Richtig, anderen Frauen, sagte die Dicke. Und wovon erzählt er dir? Die Dicke dachte eine Weile nach. Von der neuen Dichtung, natürlich, was denn sonst. Die er zu schreiben gedenkt? fragte Bibiano skeptisch. Die er machen wird, sagte die Dicke. Und wisst ihr, was mich so sicher macht? Seine Willenskraft. Einen Moment lang erwartete sie wohl, dass wir weiterfragen würden. Er hat einen eisernen Willen, fügte sie hinzu, ihr kennt ihn nicht. Es war spät geworden. Bibiano sah die Dicke an und erhob sich, um zu zahlen. Wenn du so fest an ihn glaubst, warum willst du dann nicht, dass Bibiano ihn in seine Anthologie aufnimmt? fragte ich. Wir banden uns unsere Schals um den Hals (nie wieder habe ich so lange Schals getragen wie damals) und traten auf die kalte Straße hinaus. Weil es nicht seine Gedichte *sind,* sagte die Dicke. Und woher willst du das wissen? fragte ich scharf. Weil ich die Menschen kenne, sagte die Dicke mit trauriger Stimme und schaute die leere Straße entlang. Das schien mir der Gipfel der Anmaßung. Bibiano folgte uns nach draußen. Martita, sagte er, es gibt wenige Dinge, bei denen ich mir ganz sicher bin, eine davon ist, dass Ruiz-Tagle nicht die chilenische Dichtung revolutionieren wird. Ich glaube, er steht nicht einmal aufseiten der Linken, fügte ich hinzu. Zu meiner Überraschung gab mir die Dicke Recht. Nein, er ist kein Linker, bestätigte sie mit einer immer traurigeren Stimme. Einen Moment lang dachte ich, sie würde anfangen zu weinen, und versuchte das Thema zu wechseln. Bibiano aber lachte. Mit Freunden wie dir, Martita, braucht man keine Feinde. Das war natürlich scherzhaft gemeint, aber die Dicke verstand es anders und wollte sofort gehen. Wir begleiteten sie nach Hause. Während der Fahrt im Bus sprachen wir über den Film und die politische Situation. Bevor wir uns verabschiedeten, sah sie uns eindringlich an und verlangte, dass wir ihr etwas versprechen müssten. Was denn? fragte Bibiano. Kein Wort zu Alberto von dem, worüber wir gesprochen haben! Einverstanden, sagte Bibiano, versprochen, wir werden ihm nicht sagen, dass du mich gebeten hast, ihn nicht in meine Anthologie aufzunehmen. Du wirst sowieso niemanden finden, der sie veröffentlicht. Das ist sehr wahrscheinlich, gab Bibiano zu. Danke, Bibi, sagte die Dicke (sie war die Einzige, die Bibiano so nannte) und gab ihm einen Kuss auf die Wange. Wir werden ihm nichts sagen, ich schwöre es, sagte ich. Danke, habt vielen Dank! Ich dachte, sie würde scherzen. Und auch kein Wort zu Verónica, fügte sie hinzu, sie könnte es Alberto später weitererzählen, und ihr wisst schon. Wir werden es ihm nicht sagen. Also bleibt es unter uns, sagte die Dicke, versprochen? Versprochen, sagten wir. Schließlich kehrte sie uns den Rücken, öffnete die Haustür, und wir sahen sie in den Fahrstuhl steigen. Bevor sie verschwand, winkte sie uns ein letztes Mal zu. Diese Frau ist einsame Spitze, sagte Bibiano. Ich lachte. Zu Fuß machten wir uns auf den Rückweg. Bibiano zu der Pension, in der er wohnte, ich zum Haus meiner Eltern. Die chilenische Dichtung, sagte Bibiano in jener Nacht, wird sich erst dann verändern, wenn wir in der Lage sind, Enrique Lihn richtig zu lesen, vorher nicht. Es dauert also noch eine Welle.

Wenige Tage später putschte das Militär, und alles geriet in Auflösung.

Eines Abends rief ich die Schwestern Garmendia an, ohne einen bestimmten Grund, nur um zu hören, wie es ihnen ging. Wir verschwinden von hier, sagte Verónica. Wann, fragte ich, und der Magen krampfte sich mir zusammen. Morgen. Trotz der Sperrstunde bestand ich darauf, sie noch am selben Abend zu sehen. Das Haus, in dem die Zwillinge wohnten, lag nicht allzu weit von meiner Wohnung entfernt, außerdem war es nicht das erste Mal, dass ich mich über die Sperrstunde hinwegsetzte. Um zehn Uhr war ich dort. Zu meiner Überraschung tranken sie Tee und lasen (ich hatte wohl erwartet, sie in einem Chaos aus Koffern und Fluchtplänen anzutreffen). Sie sagten, dass sie fortgehen würden, aber nicht ins Ausland, sondern nach Nacimiento – ein Städtchen wenige Kilometer von Concepción entfernt –, in das Haus ihrer Eltern. Na, ein Glück, sagte ich, ich dachte, ihr würdet in die Schweiz gehen oder sonstwohin. Was mir auch lieber wäre, sagte Angélica. Dann sprachen wir über die Freunde, die wir seit Tagen nicht gesehen hatten, und stellten die für jene Zeit typischen Mutmaßungen an, wen man sicherlich verhaftet hatte, wer in den Untergrund gegangen war und wer gesucht wurde. Die Garmendias hatten keine Angst (sie hatten auch keinen Grund dazu, sie waren normale Studentinnen, und ihre Verbindung zu den »Extremisten«, wie man sie damals nannte, beschränkte sich auf persönliche Freundschaften zu einigen ihrer Anhänger, insbesondere am Fachbereich Soziologie). Sie gingen nach Nacimiento, weil Concepción unerträglich geworden war und sie sich nach eigenem Bekunden immer dann in das elterliche Haus zurückzogen, wenn im »wirklichen Leben« eine gewisse verabscheuungswürdige Hässlichkeit und Brutalität die Oberhand gewannen. Dann müsst ihr sofort verschwinden, denn ich habe den Eindruck, dass uns die Weltmeisterschaften der Hässlichkeit und Brutalität unmittelbar bevorstehen. Sie lachten und sagten, ich müsste jetzt gehen. Ich bestand darauf, noch ein Weilchen zu bleiben. Um ein Uhr morgens sagte Verónica, ich täte besser daran, bei ihnen zu übernachten. Niemand hatte bisher etwas gegessen, darum stellten wir uns zu dritt in die Küche und machten Eier mit Zwiebeln, Fladenbrot und Tee. Ich fühlte plötzlich eine Welle unsagbaren Glücks in mir aufsteigen; ich hätte Bäume ausreißen können, obwohl ich wusste, dass genau in diesen Tagen alles, woran ich glaubte, für immer unterging, dass viele Menschen, und darunter nicht wenige gute Freunde, verfolgt oder gefoltert wurden. Aber ich hatte Lust zu singen und zu tanzen, und die schlechten Nachrichten (oder die Spekulationen über schlechte Nachrichten) trugen nur dazu bei, das Freudenfeuer meiner Ausgelassenheit weiter anzufachen, wenn ich mir diese abgeschmackte Formulierung erlauben darf (»kitschig« hätten wir damals gesagt), aber sie trifft meine damalige seelische Verfassung, ich würde sogar behaupten, auch die der Schwestern Garmendia und vieler anderer, die im September 1973 zwanzig Jahre oder jünger waren.

Um fünf Uhr morgens schlief ich auf dem Sofa ein. Vier Stunden später weckte mich Angélica. Wir frühstückten schweigend in der Küche. Gegen Mittag luden sie einige Koffer in ihr Auto, eine giftgrüne Ente, Baujahr 68, und machten sich auf den Weg nach Nacimiento. Ich sollte sie nie wiedersehen.

Ihre Eltern, ein Malerehepaar, kamen, glaube ich, bei einem Verkehrsunfall ums Leben, als die Zwillinge noch keine fünfzehn Jahre alt waren. Ich habe einmal ein Foto von ihnen gesehen: Er war dunkel und hager, hatte stark vorspringende Backenknochen und jenen Ausdruck von Traurigkeit und Verwirrung, wie man ihn nur bei südlich des Bío-Bío geborenen Menschen findet; sie war dem Anschein nach größer als er, ein wenig rundlich, mit einem sanften, vertrauensvollen Lächeln.

Bei ihrem Tod hatten sie den Zwillingen das Haus in Nacimiento hinterlassen, ein am Rande des Städtchens gelegenes, zweistöckiges Gebäude aus Holz und Stein, dessen oberster Stock, ein großer, mansardenartiger Saal, ihnen als Atelier gedient hatte, sowie etwas Land in der Nähe von Mulchén, das ihnen ein sorgenfreies Leben ermöglichte. Die Schwestern sprachen oft von ihren Eltern (ihnen zufolge war Julián Garmendia einer der größten Maler seiner Generation, obwohl ich von ihm nie auch nur das geringste gehört habe), und nicht selten war in ihren Gedichten die Rede von Malern, die es in den Süden von Chile verschlagen hatte und die sich an einem verzweifelten Kunstwerk und einer verzweifelten Liebe abarbeiteten. Julián Garmendia sollte Maria Oyarzún verzweifelt geliebt haben? Es fällt mir schwer, das zu glauben, wenn ich an das Foto zurückdenke. Aber es fällt mir nicht schwer zu glauben, dass es in den siebziger Jahren in Chile Menschen gab, die verzweifelt in jemanden verliebt waren. Es kommt mir merkwürdig vor, wie ein verschollener Film in einem vergessenen Regal eines großen Filmarchivs. Ich nehme jedoch an, dass es so war.

Von nun an beruht meine Erzählung im wesentlichen auf Vermutungen. Die Zwillinge fuhren in das große Haus am Rande von Nacimiento, in dem lediglich eine Tante wohnte, Ema Oyarztin, die ältere Schwester der toten Mutter, und eine alte Angestellte namens Amalia Maluenda.

Sie fuhren also nach Nacimiento und zogen sich in ihr Haus zurück, und eines schönen Tages, sagen wir, zwei Wochen oder einen Monat später (obwohl ich nicht glaube, dass so viel Zeit verging), taucht Alberto Ruiz-Tagle auf.

So muss es gewesen sein. Eines Abends, in einer dieser gleichermaßen kraftvollen wie melancholischen Abenddämmerungen des chilenischen Südens, nähert sich über den Feldweg ein Auto, doch die Schwestern Garmendia hören es nicht, weil sie Klavier spielen oder im Garten beschäftigt sind oder zusammen mit der Tante und der alten Angestellten Holzscheite hinter das Haus schaffen. Jemand klopft an die Tür, klopft viele Male, bevor die Alte die Tür öffnet. Vor ihr steht Ruiz-Tagle. Er fragt nach den Schwestern. Die Alte lässt ihn nicht herein; sie sagt, sie werde die Mädchen rufen. Ruiz-Tagle wartet geduldig in einem Korbstuhl auf der breiten Veranda. Als die Zwillinge ihn sehen, begrüßen sie ihn überschwenglich und rügen die Angestellte, dass sie ihn nicht hereingelassen hat. Während der ersten halben Stunde wird Ruiz-Tagle mit Fragen überhäuft.

Der Tante erscheint er sicherlich als ein sympathischer, gut aussehender und wohlerzogener junger Mann. Die Schwestern sind glücklich. Selbstverständlich wird Ruiz-Tagle zum Essen eingeladen, und ihm zu Ehren kochen sie etwas ganz Besonderes. Ich will mir nicht vorstellen, was sie gegessen haben könnten. Vielleicht Pastel de choclo, vielleicht Empanadas, aber nein, sicher haben sie etwas ganz anderes gegessen. Selbstverständlich laden sie ihn ein, über Nacht zu bleiben. Ruiz-Tagle nimmt die Einladung ohne Umschweife an. Während des Nachtischs, der sich bis in die späten Abendstunden hinzieht, lesen die Zwillinge zum Entzücken der Tante und unter dem komplizenhaften Schweigen Ruiz-Tagles aus ihren Gedichten. Er liest selbstverständlich nichts, entschuldigt sich, sagt, dass angesichts solcher Gedichte die seinen fehl am Platze seien; die Tante insistiert, bitte, Alberto, lesen Sie uns doch etwas von sich vor, aber er bleibt hart, sagt, er sitze über etwas Neuem und möchte es lieber nicht zum Besten geben, bevor es nicht abgeschlossen und überarbeitet ist, lächelt, zuckt mit den Schultern, sagt, nein, tut mir Leid, nein, wirklich nicht, und die Schwestern nicken, Tante, so lass ihn doch in Frieden, sie *glauben,* sie verstünden, unschuldig wie sie sind, und verstehen doch nichts (er steht kurz vor der Geburt der »neuen chilenischen Dichtung«), aber sie glauben zu verstehen und lesen ihre eigenen Gedichte, ihre erstaunlichen Gedichte, unter der zufriedenen Miene Ruiz-Tagles (der mit Sicherheit die Augen schließt, um besser zuzuhören) und dem gelegentlichen Unmut ihrer Tante: Angélica, wie kannst du einen derartigen Unsinn verzapfen, oder: Verónica, Kind, ich habe nichts verstanden, Alberto, würden Sie mir bitte erklären, was diese Metapher bedeutet? Und bereitwillig beginnt Ruiz-Tagle über Signifikate und Signifikanten zu sprechen, über Joyce Mansour, Sylvia Plath, Alejandra Pizarnik (obwohl die Zwillinge abwehren, nein, die Pizarnik gefällt uns nicht, dabei wollen sie eigentlich sagen, dass sie nicht wie die Pizarnik *schreiben*), und Ruiz-Tagle spricht weiter, und die Tante hört zu und nickt, über Violeta und Nicanor Parra (ja, die Violeta habe ich kennen gelernt, in ihrem Zelt, sagt die arme Erna Oyarzún), dann über Enrique Lihn und die einheimische Dichtung, und wären die Schwestern aufmerksamer gewesen, hätten sie ein ironisches Funkeln in seinen Augen bemerkt, einheimische Dichtung, ich werde ihnen einheimische Dichtung geben, und schließlich, einmal in Fahrt, spricht er von Jorge Cáceres, dem chilenischen Surrealisten, der 1949 mit sechsundzwanzig starb.

Und die Zwillinge stehen auf, vielleicht steht auch nur Verónica auf, sucht in der großen Bibliothek der Eltern und kehrt mit einem Buch von Cáceres zurück, *Unterwegs zur großen polaren Pyramide,* das der Dichter im Alter von kaum zwanzig Jahren veröffentlicht hat, irgendwann einmal haben die Schwestern, vielleicht war es auch nur Angélica, davon gesprochen, die gesammelten Werke von Cáceres, einem der Mythen unserer Generation, neu herauszugeben, weshalb es nicht verwundert, dass Ruiz-Tagle ihn erwähnte (obwohl die Gedichte der Garmendias nichts mit Cáceres gemein hatten; mit Violeta Parra schon, und mit Nicanor Parra, aber nicht mit Cáceres). Außerdem erwähnt er noch Anne Sexton, Elizabeth Bishop und Denise Levertov (Dichterinnen, die die Schwestern verehren und die sie seinerzeit übersetzt und in der Werkstatt vorgelesen haben – zur sichtlichen Zufriedenheit von Juan Stein), und dann lachen alle über die Tante, die nicht das geringste versteht, und essen hausgemachtes Gebäck und spielen auf der Gitarre und irgendjemand schaut auf und bemerkt die Angestellte, die sie ihrerseits anschaut, dabei im Dunkel des Flurs steht, aber nicht einzutreten wagt, und die Tante sagt, so komm doch herein, Amalia, hab dich nicht so, und die Alte, angezogen von der Musik und der ausgelassenen Stimmung, macht zwei Schritte, aber nicht einen mehr, dann bricht die Nacht herein und beschließt den Abend.

Ein paar Stunden später erhebt sich Alberto Ruiz-Tagle, den ich von nun an wohl besser Carlos Wieder nennen sollte.

Alles liegt in tiefem Schlummer. Wahrscheinlich hat er mit Verónica geschlafen. Aber das ist unwichtig. (Ich will damit sagen: Es ist jetzt nicht mehr wichtig, damals war es zu unserem Leidwesen allerdings wichtig.) Jedenfalls erhebt sich Carlos Wieder mit der Sicherheit eines Schlafwandlers und schleicht leise durch das Haus. Er sucht das Schlafzimmer der Tante. Sein Schatten huscht durch die Flure, in denen die Bilder von Julián Garmendia und María Oyarzún hängen, neben Tellern und Töpferwaren aus der Gegend. (Nacimiento ist, glaube ich, berühmt für seine Steingut- oder Töpferwaren.) Wieder jedenfalls öffnet klammheimlich eine Tür nach der anderen. Endlich stößt er im Erdgeschoss auf das Zimmer der Tante; es liegt neben der Küche, das der Angestellten sicherlich direkt gegenüber. Gerade als er in das Innere des Zimmers schlüpft, hört er das Geräusch eines Autos, das sich dem Haus nähert. Wieder lächelt und beeilt sich. Mit einem Satz steht er am Kopfende des Bettes. In der rechten Hand hält er ein Jagdmesser. Ema Oyarzún schläft friedlich. Wieder nimmt das Kopfkissen und drückt es ihr aufs Gesicht. Dann schneidet er ihr mit einer einzigen Bewegung die Kehle durch. In dieser Sekunde hält der Wagen vor dem Haus. Wieder hat das Zimmer bereits verlassen und begibt sich jetzt in das der Angestellten. Aber das Bett ist leer. Einen Moment lang ist Wieder unschlüssig, was er tun soll. Er hat Lust, auf das Bett einzutreten und eine alte Holzkommode kaputtzuschlagen, in der Amalia Maluenda ihre Kleider aufbewahrt. Aber das geht schnell vorüber. Kurz darauf ist er an der Tür, atmet wieder normal und lässt die vier Männer herein, die angekommen sind. Diese grüßen mit einer kurzen Kopfbewegung (die dennoch Respekt verrät) und untersuchen mit obszönen Blicken die im Halbdunkel liegenden Räume, die Teppiche, die Vorhänge, so als suchten und prüften sie vom ersten Augenblick an die geeignetsten Plätze für ein Versteck. Aber nicht sie sind es, die sich verstecken werden. Sie suchen diejenigen, die sich verstecken.

Und hinter ihnen dringt die Nacht in das Haus der Schwestern Garmendia ein. Und als sie fünfzehn oder vielleicht zehn Minuten später wieder gehen, verlässt auch die Nacht das Haus, fast auf der Stelle, die Nacht kommt, die Nacht geht, rasch und gründlich. Und keine der Leichen wird je gefunden, oder doch, *eine* Leiche schon, eine einzige, die Jahre später in einem Massengrab wiederauftaucht, die von Angélica Garmendia, meiner angebeteten, unvergleichlichen Angélica Garmendia, aber nur diese eine, wie zum Beweis, dass Carlos Wieder ein Mensch ist und kein Gott.

2

In jenen Tagen, als die letzten Rettungsboote der Unidad Popular untergingen, kam ich ins Gefängnis.

Die Umstände meiner Verhaftung waren banal, um nicht zu sagen grotesk, doch die Tatsache, dass ich mich dort befand, anstatt auf der Straße, in einem Café oder eingeschlossen in meinem Zimmer, ohne jede Lust aufzustehen (was das Wahrscheinlichste war), gab mir Gelegenheit, der ersten dichterischen Aktion von Carlos Wieder beizuwohnen, obwohl ich damals weder wusste, wer Carlos Wieder war, noch welches Schicksal die Schwestern Garmendia ereilt hatte.

Es geschah eines Abends (Wieder liebte die Dämmerung), während wir uns, ich und rund sechzig andere Gefangene, auf dem Hof des Lagers La Peña, einem Untersuchungsgefängnis in der Umgebung von Concepción, fast schon in Talcahuana, die Langeweile mit Schachspielen und Plaudereien vertrieben.

Am Himmel, der noch eine halbe Stunde zuvor klar gewesen war, trieben jetzt einige Wolkenfetzen nach Osten; sie hatten die Form von Nadeln oder Zigarren, waren anfangs, solange sie über der Küste schwebten, graumeliert, später, als sie den Weg über die Stadt einschlugen, rosa und färbten sich schließlich, während sie flussaufwärts zogen, leuchtend zinnoberrot.

Ich kann nicht sagen, warum, aber ich hatte in diesem Augenblick den Eindruck, der einzige Gefangene zu sein, der in den Himmel schaute. Es musste wohl etwas damit zu tun haben, dass ich erst neunzehn war.

Langsam tauchte zwischen den Wolken das Flugzeug auf. Ein Punkt zunächst, nicht größer als eine Mücke. Ich nahm an, dass es von einem nahe gelegenen Stützpunkt aufgestiegen war und nach einem Rundflug über der Küste zu seinem Landeplatz zurückkehrte. Ganz allmählich, aber so mühelos, als würde es in der Luft schweben, näherte es sich der Stadt, auf der Grenze zwischen den zylindrischen Wolken, die in großer Höhe dahintrieben, und den nadelförmigen Wolken, die der Wind fast bis zu den Dächern herabgezogen hatte.

Es schien nicht schneller zu fliegen als die Wolken, aber mir wurde bald klar, dass das nur eine optische Täuschung war. Als es über das Gefangenenlager La Peña hinwegflog, klang sein Motorengeräusch wie der Lärm einer kaputten Waschmaschine. Von meinem Platz aus konnte ich die Gestalt des Piloten erkennen, und einen Moment lang glaubte ich, er habe uns einen Abschiedsgruß zugewinkt. Daraufhin zog er die Maschine hoch, gewann an Höhe und überflog auch schon die Innenstadt von Concepción.

Und dort, in dieser Höhe, begann er ein Gedicht in den Himmel zu schreiben. Anfangs glaubte ich, der Pilot hätte den Verstand verloren, was mich nicht weiter wunderte. Der Wahnsinn war nichts Ungewöhnliches in jenen Tagen. Ich dachte, er würde blind vor Verzweiflung durch die Lüfte kreisen und früher oder später an irgendeinem Gebäude oder auf einem Platz der Stadt zerschellen. Aber im nächsten Augenblick erschienen am Himmel die Buchstaben, als hätte der Himmel selbst sie hervorgebracht. Buchstaben aus grauschwarzem Rauch auf der riesigen rosablauen Leinwand, die gestochen scharf waren und die Blicke derer erstarren ließen, die sie betrachteten. IN PRINCIPIO … CREAVIT DEUS … COELUM ET TERRAM, las ich wie im Schlaf. Ich bildete mir ein, ich hoffte, es würde sich um eine Werbekampagne handeln, und lachte vor mich hin. Dann aber kehrte das Flugzeug in unsere Richtung, nach Westen, zurück, beschrieb erneut einen Bogen und flog wieder über uns hinweg. Dieses Mal war der Vers viel länger und erstreckte sich bis zu den südlichen Ausläufern der Stadt. TERRA AUTEM ERAT INANIS … ET VACUA … ET TENEBRAE ERANT … SUPER FACIEM ABYSSI … ET SPIRITUS DEI … FEREBATUR SUPER AQUAS …

Einen Moment lang sah es so aus, als würde das Flugzeug am Horizont verschwinden, in Richtung Küstenkordilleren oder Andenkordilleren, ich weiß es beim besten Willen nicht, nach Süden hin, auf die großen Wälder zu, aber es kam zurück.

Einer der Gefangenen, der Norberto hieß und im Begriff stand, verrückt zu werden (zumindest lautete so die Diagnose eines anderen Häftlings, eines sozialistischen Psychiaters, der später, wie ich erfuhr, im Vollbesitz seiner geistigen und seelischen Kräfte erschossen wurde), versuchte, auf den Zaun zu klettern, der den Hof der Männer von dem der Frauen trennte, und begann zu schreien: eine Messerschmitt 109, ein Messerschmitt-Jäger der Luftwaffe, der beste Jäger von 1940. Ich schaute ihn scharf an, ihn und danach all die anderen Häftlinge, und alles schien in ein durchscheinendes Grau getaucht, so als würde sich das Lager La Peña in der Zeit auflösen.

An der Tür zur Turnhalle, in der wir uns nachts zum

Schlafen auf den Boden legten, hatten einige Aufseher ihre Unterhaltung unterbrochen und sahen zum Himmel. Alle Gefangenen waren aufgesprungen und sahen zum Himmel; vergessen waren die Schachpartien, die Berechnung, wie viele Tage uns voraussichtlich noch bevorstünden, die geflüsterten Gespräche. Der verrückte Norberto krallte sich wie ein Affe an den Zaun, lachte, rief, der Zweite Weltkrieg sei auf die Erde zurückgekehrt, sie hätten sich getäuscht, die den Dritten erwartet haben, es sei der Zweite, der wieder- und wieder- und wiederkehre. Wir, die Chilenen, glücklich zu preisen vor allen anderen Völkern, seien dazu auserkoren, ihn zu empfangen und willkommen zu heißen, und der Speichel, ein sehr weißer Speichel, der mit dem vorherrschenden Grau kontrastierte, rann in seinen Bart, troff auf seinen Hemdkragen und sammelte sich als eine Art großer feuchter Fleck auf seiner Brust.

Das Flugzeug kippte seitlich ab und flog wieder in Richtung Innenstadt von Concepción. DIXITQUE DEUS ... FIAT LUX ... ET FACTA EST LUX, entzifferte ich mühsam, oder vielleicht erahnte oder phantasierte oder träumte ich es. Auf der anderen Seite des Zauns, die Augen mit den Händen beschirmend, verfolgten auch die Frauen aufmerksam die Kapriolen des Flugzeugs, mit einer Ruhe, dass sich einem das Herz zusammenkrampfte. Für einen Augenblick dachte ich, wenn Norberto jetzt hätte flüchten wollen, er wäre von niemandem daran gehindert worden. Alle außer ihm, Gefangene und Wächter, standen wie gebannt und starrten in den Himmel. Niemals zuvor hatte ich eine solche kollektive Traurigkeit erlebt (zumindest glaubte ich das in jenem Moment; heute erscheinen mir einige Morgen meiner Kindheit trauriger als jene Abenddämmerung im September 1973).

Erneut flog das Flugzeug über uns hinweg. Es beschrieb einen Kreis über dem Meer, stieg empor und kehrte nach Concepción zurück. Was für ein Pilot, sagte Norberto, selbst Galland oder Rudy Rudler hätten es nicht besser machen können, nicht Hanna Reitsch, nicht Anton Vogel, nicht Karl Heinz Schwarz, weder der Wolf von Bremen aus Talca noch der Lämmergeier von Stuttgart aus Curicó, nicht einmal ein wiederauferstandener Hans Marseille. Daraufhin blickte Norberto mich an und zwinkerte mir zu. Sein Gesicht war puterrot.

Im Himmel über Concepción hingen die Worte: ET VIDIT DEUS … LUCEM QUOD … ESSET BONA … ET DIVISIT … LUCEM A TENEBRIS. Die letzten Buchstaben verloren sich gen Osten zwischen den nadelförmigen Wolken, die den Bío-Bío entlang flussaufwärts zogen. Das Flugzeug selbst stieg mit einem Mal senkrecht in die Höhe und verschwand spurlos vom Himmel. Als wäre alles nur eine Sinnestäuschung oder ein Alptraum gewesen.

Was hat er geschrieben, Kumpel, hörte ich einen Bergarbeiter aus Lota fragen. Die Hälfte der im Lager La Peña Inhaftierten (Männer wie Frauen) stammte aus Lota. Keine Ahnung, kam die Antwort, scheint aber wichtig zu sein. Jemand anderer sagte: irgendwelchen Blödsinn, doch waren der Stimme Angst und Verblüffung deutlich anzumerken. Die Polizisten an der Tür zur Turnhalle hatten Verstärkung bekommen, sie waren jetzt zu sechst und sprachen flüsternd miteinander. Norberto, vor mir, krallte sich mit beiden Händen in den Zaun, und während er unablässig mit den Füßen scharrte, als wollte er im Boden eine Grube graben, murmelte er: Das ist die Wiedergeburt des Blitzkriegs, oder ich habe endgültig den Verstand verloren. Beruhige dich, sagte ich. Ich könnte gar nicht ruhiger sein, ich schwebe auf einer Wolke, sagte er. Dann seufzte er tief und schien sich wirklich zu beruhigen.

In diesem Augenblick tauchte mit einem seltsamen Knirschen, als hätte jemand ein sehr großes Insekt oder einen sehr kleinen Keks zertreten, das Flugzeug wieder auf. Es kam erneut vom Meer herüber. Ich sah die Hände, die sich nach ihm ausstreckten, die erhobenen schmutzigen Ärmel, die seiner Flugbahn folgten, hörte Stimmen, aber das war wohl nur der Wind. In Wirklichkeit wagte niemand zu sprechen. Norberto kniff die Augen zusammen, dann riss er sie weit auf. Heiliger Himmel, sagte er, Vater unser, vergib uns unsere Sünden und die Sünden unserer Brüder. Wir sind bloß Chilenen, Herr, sagte er, unschuldig, unschuldig. Er hatte laut und deutlich gesprochen, und seine Stimme zitterte nicht. Natürlich hatten ihn alle gehört. Einige lachten. Hinter meinem Rücken hörte ich einige zotige Bemerkungen, in denen sich Blasphemie mit Verschlagenheit paarte. Ich wandte mich um und suchte mit den Augen nach den Sprechern. Die Gesichter der Häftlinge und Polizisten drehten sich wie ein Glücksrad, bleich und verhärmt, Norbertos Gesicht dagegen bildete den unbeweglichen Mittelpunkt. Es war ein sympathisches Gesicht, das allmählich in der Erde versank. Eine Gestalt, die manchmal kleine Sprünge vollführte, wie ein unglückseliger Prophet, der der Ankunft des seit langem angekündigten und gefürchteten Messias beiwohnt. Die Maschine flog dröhnend über unsere Köpfe hinweg. Norberto schlang die Arme um den Körper, als sei ihm sterbenskalt.

Ich konnte den Piloten sehen. Diesmal vermied er es zu grüßen. Er wirkte wie eine im Cockpit eingeschlossene Statue aus Stein. Der Himmel verdunkelte sich, bald würde über alles die Nacht hereinbrechen, die Wolken waren nicht mehr rosa, sondern schwarz und rötlich gemasert. Als sich die Maschine über Concepción befand, erinnerte ihre symmetrische Silhouette an ein Rorschach-Bild.

Dieses Mal schrieb er nur ein einziges Wort, größer als die vorhergehenden, nach meiner Berechnung genau über dem Zentrum der Stadt: LERNT. Dann schien das Flugzeug zu schlingern, an Höhe zu verlieren und sich anzuschicken, auf dem Dach eines Hochhauses zu zerschellen, so als hätte der Pilot den Motor abgestellt und gäbe das erste Beispiel für jenes Lernen, auf das er sich bezog oder zu dem er uns aufforderte. Das währte jedoch nur einen Moment, solange wie Nacht und Wind brauchten, um die Buchstaben des letzten Wortes auszulöschen. Dann verschwand das Flugzeug.

Einige Sekunden lang sagte niemand etwas. Auf der anderen Seite des Zauns hörte ich das Weinen einer Frau. Norberto sprach mit ruhiger Miene, so als ob nichts geschehen wäre, mit zwei sehr jungen Gefangenen. Ich hatte den Eindruck, als würden sie ihn um Rat fragen. Mein Gott, sie holten sich Rat bei einem Verrückten. Hinter mir hörte ich unverständliche Bemerkungen. Es war etwas passiert, aber in Wirklichkeit war nichts passiert. Zwei Professoren sprachen von einer Werbekampagne der Kirche. Von welcher Kirche? fragte ich. Na, von welcher wohl, sagten sie und drehten mir den Rücken zu. Ich gefiel ihnen nicht. Dann kamen die Polizisten wieder zur Besinnung und ließen uns im Hof zum abendlichen Appell antreten. Im Hof der Frauen ertönte der gleiche Befehl. Hat es dir gefallen? fragte mich Norberto. Ich zuckte mit den Achseln, ich weiß nur, dass ich es nie vergessen werde, sagte ich. Hast du gesehen, dass es eine Messerschmitt war? Wenn du es sagst, wird es wohl stimmen, sagte ich. Es war eine Messerschmitt, sagte Norberto, und ich glaube, sie kam aus dem Jenseits. Ich klopfte ihm auf die Schulter und sagte, sicher hast du Recht. Die Kolonne setzte sich in Bewegung, und wir marschierten zurück in die Turnhalle. Und er hat Lateinisch geschrieben, sagte Norberto. Ja, sagte ich, aber ich habe nichts verstanden. Ich schon, sagte Norberto, nicht umsonst war ich einige Jahre Buchdrucker, es war die Rede von der Erschaffung der Welt, vom Willen, vom Licht und von der Finsternis. Lux heißt Licht. Tenebrae heißt Finsternis. Fiat heißt es werde. Es werde Licht, kapiert? Für mich klingt Fiat nach italienischen Autos, sagte ich. Stimmt aber nicht, Kumpel. Außerdem hat er uns allen zum Schluss viel Glück gewünscht. Glaubst du wirklich? fragte ich. Ja, allen, ohne Ausnahme. Ein Dichter, sagte ich. Ein gebildeter Mensch, ja, sagte Norberto.

3

Diese erste poetische Darbietung am Himmel von Concepción trug Wieder die spontane Bewunderung einiger geistiger Brandstifter in Chile ein.

Es dauerte nicht lange, bis man ihn zu erneuten Vorführungen seiner Luftschrift aufforderte. Zögerlich zunächst, doch bald schon mit jener Freimütigkeit, wie sie für Soldaten und die Sorte Ehrenmänner typisch ist, die ein Kunstwerk erkennen, sobald sie es sehen, auch wenn sie es nicht verstehen, häuften sich Wieders Auftritte bei diversen Veranstaltungen und Gedenkfeiern. Über dem Flughafen von Las Tencas, für ein Publikum, das aus hohen Funktionären und Geschäftsleuten mit ihren jeweiligen Familien bestand – die heiratsfähigen Töchter schwärmten unsterblich für Wieder, die bereits verheirateten waren seinetwegen sterbenstraurig –, malte er wenige Minuten, bevor die Nacht alles in Dunkel hüllte, einen einsam leuchtenden Stern an den unerbittlichen Horizont, den Stern der chilenischen Flagge. Ein paar Tage später schrieb er über den Köpfen einer bunt zusammengewürfelten Menschenmenge, die sich in einem jahrmarktähnlichen Trubel auf dem Militärflughafen El Condor um die Festzelte drängte, ein Gedicht, das ein vorwitziger und belesener Zuschauer als *lettristisch* bezeichnete (genauer: mit einem Anfang, dem Isidore Isou seine Billigung nicht versagt, und einem unerhörten Schluss, der einem *saranguaco* gut zu Gesicht gestanden hätte). In einem seiner Verse gab es eine verdeckte Anspielung auf die Schwestern Garmendia. Er nannte sie »Die Zwillinge« und sprach von einem Orkan und diversen Lippen. Und obwohl er schon im nächsten Moment jeden Verdacht zerstreute, hätte ein findiger Leser bereits auf ihren Tod schließen können.

In einem anderen war von einer gewissen Patricia und einer gewissen Carmen die Rede. Bei letzterer handelte es sich vermutlich um die Dichterin Carmen Villagrán, die in den ersten Dezembertagen verschwand. Wie ihre Mutter vor einem kirchlichen Untersuchungskomitee aussagte, habe Carmen sich von ihr verabschiedet, um zu einer Verabredung mit einem Freund zu gehen, von der sie nicht mehr zurückkam. Wer dieser Freund sei, hatte die Mutter noch gefragt, und Carmen, schon in der Tür, habe geantwortet, ein Dichter. Etliche Jahre später fand Bibiano O'Ryan auch die Identität Patricias heraus; seines Erachtens handelte es sich um die siebzehnjährige Patricia Méndez, die an einer von der Kommunistischen Jugend organisierten Literaturwerkstatt teilgenommen hatte und zur selben Zeit verschwunden war wie Carmen Villagrán. Die Unterschiede zwischen beiden waren beträchtlich. Carmen las Michel Leiris im Original und entstammte einer Mittelschichtfamilie; Patricia war deutlich jünger, verehrte Pablo Neruda und kam aus proletarischen Verhältnissen. Anders als Carmen studierte sie nicht an der Universität, sondern hatte die Absicht, später einmal eine pädagogische Ausbildung zu machen; unterdessen arbeitete sie in einem Geschäft für Haushaltsgeräte. Bibiano besuchte ihre Mutter und durfte in einem alten Schönschreibheft einige von Patricias Gedichten lesen.

Nach Bibianos Ansicht waren sie schlecht, auf einer Linie mit dem schlechtesten Neruda, ein kruder Mischmasch aus *Zwanzig Liebesgedichte* und *Aufruf zum Nixonzid,* aber zwischen den Zeilen drückte sich mehr aus: Keckheit, Erstaunen, Lebensfreude. Auf alle Fälle, schloss Bibiano seinen Brief, bringt man niemanden wegen ein paar schlechter Gedichte um, erst recht nicht ein Mädchen von nicht einmal zwanzig Jahren.

LEHRLINGE DES FEUERS schrieb Wieder bei seiner Luftvorführung über El Condor. Die Generäle, die von der Ehrentribüne aus zuschauten, dachten – zu Recht, vermute ich –, es handele sich um den Namen seiner Geliebten, seiner Freundinnen oder um das Pseudonym irgendwelcher Nutten aus Talcahuano. Einige seiner engsten Freunde aber wussten sehr wohl, dass Wieders Vers tote Frauen beschwor. Von Dichtung jedoch hatten sie keine Ahnung. Glaubten sie jedenfalls. (Wieder sagte ihnen natürlich, dass sie durchaus etwas davon verstünden, mehr als manche andere, als Dichter und Professoren, zum Beispiel, die Bewohner von Oasen oder tristen, makellosen Wüsten, aber seine Kumpane verstanden ihn nicht oder waren bestenfalls nachsichtig der Meinung, der Leutnant würde sich auf diese Weise einen Scherz mit ihnen erlauben.) Für sie war das, was Wieder an Bord seines Flugzeugs veranstaltete, nicht mehr als eine *gefährliche Darbietung,* gefährlich in jeder Hinsicht, aber keine Dichtung.

In jenen Tagen nahm er noch zwei weitere Male an einer Flugschau teil, die eine in Santiago, wo er erneut Verse aus der Bibel und dem »Renacer Chileno« schrieb, die andere in Los Ángeles (Provinz Bío-Bío), wo er sich den Himmel mit zwei weiteren Piloten teilte, die im Gegensatz zu ihm Zivilisten waren und außerdem viel älter als er, mit einer langen Karriere als Luftschreiber; gemeinsam zeichneten sie eine große (und für kurze Zeit flatternde) chilenische Nationalflagge in den Himmel.

Man sagte über ihn (in einigen Zeitungen, im Radio), er habe das Zeug zu Heldentaten. Es gebe nichts, wozu er nicht imstande wäre. Sein Fluglehrer an der Akademie erklärte, Wieder sei ein Naturtalent, mit Instinkt, Erfahrung und der Fähigkeit, mühelos sowohl Jäger als auch Jagdbomber zu fliegen. Ein Freund, auf dessen Landgut er als Jugendlicher hin und wieder seine Sommerferien verbracht hatte, verriet, dass Wieder zum Erstaunen und späteren Ärger seiner Eltern unerlaubt eine klapprige Piper geflogen sei, mit der er dann auf einer breiten und von Schlaglöchern übersäten Landstraße landete. Den betreffenden Sommer, vermutlich den des Jahres 1968 (also wenige Monate, bevor in einer bescheidenen Pariser Portiersloge die *Barbarische Literatur* aus der Taufe gehoben wurde, eine literarische Bewegung, die für ihn in seinen letzten Lebensjahren entscheidende Bedeutung erlangen sollte), verbrachte er ohne seine Eltern – ein unerschrockener, scheuer junger Mann (nach Auskunft eines Mitschülers), der zu allem fähig war, zu jeder Extravaganz und Hitzköpfigkeit, der es jedoch gleichzeitig verstand, sich die Herzen seiner Umgebung zu erobern. Meine Mutter und meine Großmutter vergötterten ihn (sagt sein Mitschüler), auf sie machte Wieder immer den Eindruck, als sei er gerade einem Wolkenbruch entronnen, durchnässt bis auf die Knochen, aber nichtsdestoweniger bezaubernd.

Sein gesellschaftliches Erscheinungsbild jedoch wies einige dunkle Punkte auf: schlechter Umgang, zwielichtige Bekannte, Polizei- oder Unterweltsspitzel, mit denen Wieder gelegentlich nachts um die Häuser zog oder anrüchige Etablissements aufsuchte. Aber genau betrachtet war es auch nicht mehr als das: dunkle Punkte, die nicht weiter auffielen und sich in keiner Weise auf seinen Charakter oder sein Benehmen, noch weniger auf seine Gewohnheiten auswirkten. Geradezu unerlässlich, mutmaßten einige, für seine nach Erkenntnis und Absolutheit strebende literarische Laufbahn.

Eine Laufbahn, die zu jener Zeit, der Zeit seiner Flugdarbietungen, durch einen der einflussreichsten chilenischen Literaturkritiker den Ritterschlag erhielt (was in literarischer Hinsicht so gut wie nichts, in Chile jedoch seit den Zeiten von Alone sehr viel bedeutet), und zwar durch einen gewissen Nicasio Ibacache: Antiquar, Katholik und täglicher Kirchgänger, dabei aber ein persönlicher Freund von Neruda wie zuvor schon von Huidobro, Briefpartner von Gabriela Mistral, Intimfeind von Pablo de Rokha und – nach eigener Aussage – Entdecker von Nicanor Parra! kurz, ein Typ, der Englisch und Französisch sprach und Ende der siebziger Jahre an einem Herzinfarkt starb. In seiner wöchentlichen Kolumne im *Mercurio* schrieb Ibacache eine Glosse über die eigentümliche Dichtung Wieders, in der er verkündete, dass wir (die chilenischen Leser) in ihm den Dichterfürsten der neuen Epoche erblicken durften. Dann ging er, wie es seine Gewohnheit war, dazu über, Wieder in aller Öffentlichkeit einige Ratschläge zu erteilen, und verlor sich in sprunghaften, kryptischen Kommentaren über unterschiedliche Bibelausgaben. Auf diese Weise erfuhren wir, dass Wieder bei seinem ersten Auftritt am Himmel über Concepción und dem Gefangenenlager

La Peña die lateinische Vulgata benutzt hatte, von Hochwürden Don Felipe Scio de San Miguel »im Geiste der heiligen Kirchenväter und katholischen Exegeten« ins Spanische übertragen und in mehreren Bänden veröffentlicht bei Gaspar y Roig, Madrid 1852. So und nicht anders, sagte Ibacache, habe Wieder selbst es ihm in einem langen nächtlichen Telefongespräch anvertraut, in dessen Verlauf er von ihm wissen wollte, warum er denn nicht die Übersetzung des ehrwürdigen Paters Scio benutzt habe, worauf Wieder zur Antwort gab: weil sich das Latein besser in den Himmel einfügte; obwohl Wieder eigentlich das Wort »eingraben« hätte verwenden müssen, das Latein grub sich besser in den Himmel ein, was ihn nicht daran hinderte, sich bei seinen folgenden Darbietungen des Spanischen zu bedienen. Auch konnte Ibacache es sich nicht verkneifen, auf mehrere, von Borges erwähnte Bibeln zu verweisen, einschließlich der Jerusalemer Bibel in der Übersetzung von Ralmundo Pellegri, Valparaíso 1875, jener verwünschten Ausgabe, die Ibacache zufolge den Pazifischen Krieg prophezeite, der einige Jahre später zwischen Chile und der peruanisch-bolivianischen Allianz ausbrechen sollte. Was die Ratschläge betraf, so wies er den *jungen Dichter* nachdrücklich auf die Gefahren eines »allzu frühen Ruhms« hin, auf die Auswüchse der literarischen Avantgarde, »die Verwirrung stiften könne hinsichtlich der Grenzen, welche die Dichtung von Malerei und Theater, oder richtiger: vom bildnerischen und theatralischen Geschehen trennen«, sowie auf die Notwendigkeit, in seinem ständigen Lernprozess nicht nachzulassen, mit einem Wort, Ibacache riet Wieder, fleißig zu lesen. Lesen Sie, junger Mann, schien er zu sagen, lesen Sie die englischen und die französischen und die chilenischen Dichter, und lesen Sie Octavio Paz.

Ibacaches Lobrede auf Wieder, die einzige, die der unerschöpfliche Kritiker über ihn schrieb, wurde von zwei Fotografien illustriert. Die eine zeigte ein Flugzeug – vielleicht auch nur eine Sportmaschine – mitsamt seinem Piloten auf einem, wie es schien, eher kleinen, vermutlich militärischen Rollfeld. Das Foto war aus einiger Entfernung aufgenommen worden, sodass Wieders Gesichtszüge kaum zu erkennen sind. Er trägt eine Lederjacke mit Fellkragen, die Tellermütze der chilenischen Luftwaffe, Jeans und farblich zur Hose passende Stiefel. Die Bildunterschrift lautet: Leutnant Wieder auf dem Flughafen von Los Muleros. Auf dem zweiten Foto kann man mit etwas gutem Willen undeutlich einige Verse erkennen, die der Dichter im Anschluss an die großartige Komposition der chilenischen Flagge in den Himmel von Los Ángeles geschrieben hatte.

Kurz zuvor war ich aus dem Lager La Peña entlassen und, wie die meisten der dort Inhaftierten, ohne Auflagen auf freien Fuß gesetzt worden. Die ersten Tage tat ich keinen Schritt vor die Tür, was meine Mutter und meinen Vater verdutzte und mir den Spott meiner beiden jüngeren Brüder eintrug, die mich mit allem Recht der Welt zum Feigling erklärten. Nach Ablauf einer Woche besuchte mich Bibiano O'Ryan. Er habe, sagte er, als wir in meinem Zimmer allein waren, eine gute und eine schlechte Nachricht. Die gute war, dass man uns von der Universität geworfen hatte. Die schlechte, dass fast alle unsere Freunde verschwunden waren. Ich sagte, sie seien wahrscheinlich verhaftet worden oder hätten sich aus dem Staub gemacht, wie die Schwestern

Garmendia in ihr Haus auf dem Land. Nein, sagte Bibiano, die Zwillinge sind ebenfalls verschwunden. Bei dem Wort »Zwillinge« versagte ihm die Stimme. Was weiter geschah, ist schwer zu erklären (obwohl in dieser Geschichte alles schwer zu erklären ist). Bibiano warf sich buchstäblich in meine Arme; ich saß am Fußende des Bettes, und er brach an meiner Brust in verzweifeltes Schluchzen aus. Erst dachte ich, er hätte nur irgendeinen Anfall. Dann wurde mir klar, ohne die Spur jeden Zweifels klar, dass wir die Schwestern Garmendia niemals wiedersehen würden. Nach einer Weile erhob sich Bibiano, trat ans Fenster und war im nächsten Moment wieder ganz gefasst. Das alles sind reine Vermutungen, sagte er mit dem Rücken zu mir. Klar, sagte ich, ohne zu wissen, worauf er anspielte. Es gibt noch eine dritte Nachricht, sagte Bibiano, wie nicht anders zu erwarten war. Gut oder schlecht? fragte ich. Schockierend, sagte Bibiano. Spuck's aus, sagte ich, fügte jedoch sofort hinzu: Nein, warte, lass mich Luft holen, so als wollte ich sagen, lass mich einen letzten Blick auf mein Bett, meine Wohnung, das Gesicht meiner Eltern werfen.

An jenem Abend besuchten Bibiano und ich die Dicke Posadas. Auf den ersten Blick schien sie unverändert, sogar lebhafter als sonst, hyperaktiv, sodass sie keinen Moment still sitzen konnte, womit sie auf Dauer jedem in ihrer Nähe auf die Nerven ging. Sie war nicht exmatrikuliert worden. Das Leben ging weiter. Man musste etwas tun (irgendwas, einen Blumentopf binnen einer halben Stunde fünfmal umstellen, um nicht den Verstand zu verlieren) und jeder Situation etwas Positives abgewinnen, das heißt, die Situationen eine nach der anderen angehen und nicht alle gleichzeitig, wie sie es bis dahin gewohnt war. Und erwachsen werden. Plötzlich aber wurde uns klar, dass es sich bei der Dicken um Angst handelte. Sie hatte größere Angst als jemals zuvor in ihrem Leben. Ich habe Alberto getroffen, sagte sie zu mir. Bibiano nickte, er kannte die Geschichte bereits, und mir schien es, als hegte er in einigen Punkten Zweifel an ihrem Wahrheitsgehalt. Er rief mich an, sagte die Dicke, und wollte, dass ich ihn besuchen komme. Ich sagte ihm, dass er ja nie zu Hause sei. Er fragte mich, woher ich das wüsste und lachte. Schon da fiel mir der irgendwie hintergründige Klang seiner Stimme auf, aber weil Alberto immer ein wandelndes Geheimnis war, dachte ich mir nichts dabei. Ich ging also zu ihm. Wir waren um ein Uhr verabredet, und pünktlich um eins traf ich bei ihm ein. Die Wohnung war leer. War Ruiz-Tagle nicht zu Hause? Doch, sagte die Dicke, aber die Wohnung war leer, alle Möbel waren fort. Ziehst du um, Alberto? fragte ich. Ja, Dickerchen, sagte er, sieht man das? Ich war sehr nervös, beherrschte mich jedoch und bemerkte, dass in letzter Zeit wohl alle Welt umziehen würde. Er fragte mich, wer das sei, alle Welt. Ich sagte, Diego Soto sei aus Concepción fortgegangen. Und auch Carmen Villagrán. Und ich erwähnte dich (mich), weil ich damals nicht wusste, wo du steckst, und die Schwestern Garmendia. Mich hast du nicht erwähnt, sagte Bibiano, von mir hast du nichts gesagt? Nein, von dir habe ich nichts gesagt. Und was meinte Alberto dazu? Die Dicke schaute mich an, und da erst wurde mir klar, dass sie nicht nur Intelligenz, sondern auch Stärke besaß, und dass sie sehr litt (jedoch nicht aus politischen Gründen, die Dicke litt, weil sie über achtzig Kilo wog, und weil sie das große Schauspiel, das Schauspiel der Sexualität und des Bluts, auch das der Liebe, von einem Parkett aus betrachtete, das abgeschottet und ohne Zugang zur Bühne war). Er sagte, die Ratten verlassen das sinkende Schiff. Ich wollte meinen Ohren nicht trauen und fragte, was hast du da eben gesagt? Daraufhin drehte sich Alberto um und schaute mich mit einem strahlenden Lächeln an. Es ist aus und vorbei, Dickerchen, sagte er. In dem Moment machte er mir Angst, und ich sagte, er solle die Geheimnistuerei lassen und sich etwas genauer ausdrücken. Hör auf mit dieser Scheiße, du Arschloch, und antworte gefälligst, wenn ich mit dir rede. Ich war auch schon mal vulgärer in meinem Leben, sagte die Dicke. Alberto kam mir vor wie eine Schlange. Nein: wie ein ägyptischer Pharao. Er lächelte bloß und sah mich weiter an, obwohl ich für Augenblicke den Eindruck hatte, er würde sich durch die leere Wohnung bewegen. Aber wie konnte er sich bewegen, wenn er stillsaß? Die Garmendias sind tot, sagte er. Die Villagrán auch. Das glaube ich nicht, sagte ich. Warum sollten sie tot sein? Du willst mir bloß Angst einjagen, Idiot. All unsere lieben Dichterinnen sind tot, sagte er. Das ist die Wahrheit, Dickerchen, du tätest gut daran, mir zu glauben. Wir saßen auf dem Boden. Ich in einer Ecke, er in der Mitte des Wohnzimmers. Ich schwöre dir, ich dachte, er würde mich schlagen, würde plötzlich aufspringen, mich unversehens packen und auf mich einschlagen. Einen Moment lang glaubte ich, ich würde mir auf der Stelle in die Hose machen. Alberto schaute mich unverwandt an. Ich wollte fragen, was mit mir geschehen werde, aber ich brachte keinen Ton heraus. Erzähl keine Geschichten, flüsterte ich. Alberto hörte mir nicht zu. Er schien noch auf jemanden zu warten. Lange Zeit sagte keiner ein Wort. Ohne es zu wollen, hatte ich die Augen geschlossen. Als ich sie wieder aufschlug, stand Alberto gegen die Küchentür gelehnt und schaute mich an. Du hast geschlafen, Dicke, sagte er. Habe ich geschnarcht? fragte ich. Ja, sagte er, du hast geschnarcht. Da erst bemerkte ich, dass Alberto erkältet war. Er hatte ein riesiges gelbes Taschentuch in der Hand, in das er sich zweimal schneuzte. Du hast eine Grippe, sagte ich lächelnd. Was bist du so boshaft, Dicke, sagte er, ich bin nur etwas verschnupft. Das war der geeignete Moment, um zu gehen, ich erhob mich also und sagte, ich hätte ihn schon lange genug belästigt. Du bist mir nie lästig gewesen, sagte er. Du bist eine der wenigen, die mich verstehen, Dicke, und dafür bin ich dir dankbar. Aber ich habe heute weder Tee noch Wein oder Whisky oder dergleichen. Wie du siehst, ziehe ich gerade um. Klar, sagte ich. Ich gab ihm zum Abschied die Hand, was ich in geschlossenen Räumen sonst nie tue, sondern immer nur im Freien, und ging.

Und was ist mit den Schwestern Garmendia passiert? fragte ich. Ich weiß es nicht, sagte die Dicke, aus ihren Gedanken erwachend, woher soll ich das wissen? Warum hat er dir nichts angetan? wollte Bibiano wissen. Ich nehme an, weil wir wirklich Freunde waren, sagte die Dicke.

Wir sprachen noch lange miteinander. *Wieder,* erzählte uns Bibiano, heißt auf Deutsch so viel wie »noch einmal«, »erneut«, »neuerlich«, »zum zweiten Mal«, in bestimmten Zusammenhängen »ein ums andere Mal« und in Futursätzen »das nächste Mal«. Von seinem Freund Anselmo Sanjuán, einem Germanistikstudenten an der Universität von Concepción, hatte er erfahren, dass erst seit dem 17. Jahrhundert orthographisch zwischen dem Adverb *wieder* und der akkusativischen Präposition *wider* unterschieden wurde, um sie leichter auseinander zu halten. *Wider,* althochdeutsch *widar* oder *widari,* bedeutet »gegen«, »entgegen«, manchmal auch »gegenüber«. Und er warf einige Beispiele in die Runde: *Widerchrist,* veraltet für »Antichrist«; *Widerhaken,* »der rückwärts gerichtete Haken an einer Spitze«; *widerraten,* »abraten«, »ausreden«; *widerlegen,* »eines Besseren, vom Gegenteil überzeugen«; *Widerlager,* »Strebepfeiler«, »Abstützung«; *Widerklage,* »die vom Beklagten gegen den Kläger in derselben Sache angestellte Klage«; *widernatürlich,* »monströs«, »abartig«. Worte, die ihm allesamt höchst aufschlussreich erschienen. Und wo er schon einmal dabei war, sagte er, wären da noch die *Weide* oder *Trauerweide,* und das *Weiden,* »Tiere hüten«, »auf die Weide führen«, was ihn an das Gedicht von Silva Acevedo, *Wölfe und Schafe,* erinnerte und an den prophetischen Charakter, den einige in ihm erkannt haben wollen. Außerdem bedeutete *sich weiden* auch »die krankhafte Lust an der Betrachtung von etwas, das unsere Sexualität und/oder unsere sadistischen Neigungen erregt«. Und dann schaute uns Bibiano mit großen Augen an, und wir schauten ihn an, alle drei stumm, die Hände gefaltet, als würden wir nachdenken oder beten. Dann kam er erneut auf Wieder zu sprechen, erschöpft, verängstigt, als würde die Zeit ganz in unserer Nähe verstreichen wie ein Erdbeben, und deutete die Möglichkeit an, dass der Großvater des Piloten Weider geheißen haben könnte und dass durch ein Versehen der Einwanderungsbehörde Anfang des Jahrhunderts Weider zu Wieder verdreht worden sei. Sofern er nicht sogar *Bieder* hieß, »rechtschaffen«, »anständig«, wenn man bedenkt, wie leicht unser Gehör das labidentale W und das bilabiale B verwechselt. Außerdem erinnerte er an die Nähe zu dem Substantiv *Widder,* Schafbock, ohne alle Schlussfolgerungen daraus ziehen zu können, die sich ihm aufdrängten.

Zwei Tage später rief die Dicke Bibiano an und sagte, Alberto Ruiz-Tagle sei Carlos Wieder. Sie hätte ihn auf dem Foto im Mercurio erkannt. Was ziemlich unwahrscheinlich klang, wie mir Bibiano Wochen oder Monate später deutlich machte, da das Foto verschwommen und wenig zuverlässig war. Worauf stützte sich die Dicke bei ihrer Identifikation? Auf einen siebten Sinn, scheint mir, sagte Bibiano, sie glaubt Ruiz-Tagle an seiner *Haltung* wiederzuerkennen. Jedenfalls war Ruiz-Tagle zu jener Zeit für immer verschwunden, und wir hatten nur Wieder, um unsere erbärmlichen Tage mit Sinn zu füllen.

Damals begann Bibiano gerade als Angestellter in einem Schuhgeschäft zu arbeiten. Der Laden war weder besonders gut noch besonders schlecht und lag in einem Viertel nahe der Innenstadt, inmitten von Antiquariatsbuchhandlungen, die eine nach der anderen dichtmachten, von volkstümlichen Restaurants, deren Kellner auf offener Straße mit phantastischen und ziemlich zwielichtigen Angeboten Jagd auf Kunden machten, sowie von schmalen, schlauchartigen Kleidergeschäften mit schummriger Beleuchtung. Natürlich setzten wir nie wieder einen Fuß in eine Literaturwerkstatt. Manchmal sprach Bibiano mit mir über seine Pläne: Er wollte Fabeln in englischer Sprache schreiben, die in der irischen Landschaft spielten, wollte Französisch lernen, wenigstens, um Stendhal im Original lesen zu können, er träumte davon, sich in Stendhal zu vergraben und die Jahre verstreichen zu lassen (obwohl er sich noch im selben Moment widersprach, indem er sagte, dass dies bei Chateaubriand, dem Octavio Paz des 19. Jahrhunderts, möglich sei, nicht jedoch bei Stendhal), und wollte schließlich ein Buch schreiben, eine Anthologie der Naziliteratur in Amerika. Ein gewaltiges Buch, sagte er, als ich ihn am Ausgang des Schuhgeschäfts abholte, das sämtliche Erscheinungsformen der Naziliteratur auf unserem Kontinent erfassen solle, von Kanada (wo Québec einiges zu bieten habe) bis hinunter nach Chile, wo er mit Sicherheit etwas für jede Geschmacksrichtung finden werde. Bei all dem vergaß er nicht Carlos Wieder und sammelte mit der Leidenschaft und Hingabe eines Philatelisten alles, was über ihn oder sein Werk erschien.

Es war, wenn mich meine Erinnerung nicht trügt, im Jahr 1974, als wir eines schönen Tages aus der Presse erfuhren, dass Carlos Wieder einen von mehreren privaten Firmen gesponserten Flug zum Südpol unternahm. Die Expedition war schwierig und machte zahlreiche Zwischenlandungen erforderlich, aber überall, wo er landete, schrieb er seine Gedichte in den Himmel – die Gedichte eines neuen, eisernen Zeitalters der chilenischen Rasse, wie seine Bewunderer sagten. Bibiano verfolgte jede Etappe der Reise. Mich interessierte es ehrlich gesagt nicht mehr besonders, was jener Leutnant der Luftwaffe tun oder lassen mochte. Einmal schickte Bibiano mir ein Foto. Es war wesentlich besser als das, auf dem die Dicke Ruiz-Tagle wiedererkannt haben wollte. Wieder und Ruiz-Tagle ähnelten einander tatsächlich, aber damals war mein einziger Gedanke der, das Land zu verlassen. Fest steht, dass sowohl das Foto als auch seine Äußerungen nichts mehr von jenem so überlegten, maßvollen und auf charmante Weise unsicheren Autodidakten Ruiz-Tagle erkennen ließen. Wieder war die Selbstsicherheit und Kühnheit in Person. Er sprach über Dichtung (nicht über chilenische Dichtung oder lateinamerikanische Dichtung, sondern über die Dichtung, punktum!), mit einer Autorität, die seine Gesprächspartner entwaffnete (wobei man sagen muss, dass seine damaligen Gesprächspartner regimetreue Journalisten waren, die einem Offizier unserer Luftwaffe schwerlich offen hätten widersprechen können), und obwohl man der Wiedergabe seiner Worte eine von Neologismen und Ausdrucksfehlern durchsetzte Redeweise anmerkte, was bei unserem sperrigen Idiom aber normal ist, ahnte man doch die Kraft, die Reinheit und geschliffene Brillanz dieser Sprache, in der sich eine eiserne Entschlossenheit widerspiegelte.

Bevor er das letzte Teilstück in Angriff nahm (von Punta Arenas zur antarktischen Basis Arturo Prat), gab man ihm zu Ehren ein Essen in einem Restaurant der Stadt. Es heißt, Wieder habe mehr getrunken, als ihm gut tat, und einen Marineoffizier geohrfeigt, der einer Dame nicht den gehörigen Respekt erwiesen hatte. Über diese Dame gehen die Ansichten weit auseinander; einig ist man sich nur darüber, dass die Organisatoren sie nicht eingeladen hatten und keiner der Beteiligten sie kannte. Die einzig plausible Erklärung für ihre Anwesenheit ist, dass sie sich auf gut Glück eingeschmuggelt haben muss oder mit Wieder gekommen war. Dieser nannte sie im Gespräch »meine Verehrteste« oder

»mein Fräulein«. Die Frau war etwa fünfundzwanzig Jahre alt, groß, hatte schwarze Haare und eine gute Figur. Irgendwann im Laufe des Essens, vielleicht beim Nachttisch, rief sie Wieder zu: Morgen, Carlos, wirst du dich umbringen! Alle fanden das geschmacklos, und daraufhin kam es zu dem Zwischenfall mit dem Marineoffizier. Später wurden Reden gehalten, und am nächsten Morgen, nachdem er drei oder vier Stunden geschlafen hatte, flog Wieder zum Südpol. Auf dem Flug kam es zu zahlreichen Pannen, und mehr als einmal hätte sich die Voraussage der Unbekannten beinahe erfüllt, die mit Sicherheit keiner der geladenen Gäste jemals wiedergesehen hat. Als Wieder nach Punta Arenas zurückkehrte, ließ er wissen, dass die größte Gefahr die Stille gewesen sei. Die Stille, erklärte er zur gespielten oder wirklichen Verblüffung der Journalisten, das waren die Wellen von Kap Horn, die ihre Zungen nach dem Bauch seines Flugzeugs ausstreckten, Wellen wie riesige Melvillesche Wale oder abgetrennte Hände, die während des ganzen Fluges nach ihm zu greifen versuchten, vollkommen lautlos jedoch, als wäre der Laut in diesen Breiten eine ausschließlich menschliche Angelegenheit. Die Stille ist wie die Lepra, verkündete Wieder, die Stille ist wie der Kommunismus, die Stille ist wie eine weiße Leinwand, die es zu füllen gilt. Wenn du sie füllst, kann dir nichts Schlimmes mehr passieren. Wenn du rein bist, kann dir nichts Schlimmes mehr passieren. Wenn du keine Angst hast, kann dir nichts Schlimmes mehr passieren. Bibiano zufolge war das die Beschreibung eines Engels. Die eines entsetzlich menschlichen Engels? fragte ich. Nein, du Idiot, antwortete Bibiano, die unseres Schicksalsengels.

Am wolkenlosen Himmel über der Basis Arturo Prat schrieb Wieder DIE ANTARKTIS IST CHILE und wurde gefilmt und fotografiert. Er schrieb noch weitere Verse, Verse über die Farben Weiß und Schwarz, über das Eis, über das Verborgene, über das Lächeln des Vaterlands, ein freimütiges, zartes und markantes Lächeln, ein Lächeln, *das einem Auge glich,* das uns wahrhaftig anblickt, und kehrte anschließend nach Concepción zurück, ging dann später nach Santiago, wo er im Fernsehen auftrat (ich musste mir die Sendung ansehen, weil Bibiano in seiner Pension keinen Fernseher hatte und deshalb zu mir kam, um sie sich anzuschauen), und wirklich, Carlos Wieder war Ruiz-Tagle (was für eine Dreistigkeit, sich als Ruiz-Tagle auszugeben, sagte Bibiano, sich einen derartigen Namen auszusuchen), aber wiederum so, schien es mir, als wäre er es nicht gewesen. Meine Eltern besaßen einen Schwarzweißfernseher (meine Eltern waren glücklich, dass Bibiano da war, mit uns Fernsehen guckte und zu Abend aß, als hätten sie geahnt, dass ich fortgehen und nie wieder einen Freund wie ihn haben würde), und mit seinem bleichen Gesicht (eine fotogene Bleichheit) sah Carlos Wieder nicht nur aus wie der Schatten, der Ruiz-Tagle gewesen war, sondern wie viele andere Schatten, andere Gesichter, andere geisterhafte Piloten, die ebenfalls von Chile in die Antarktis flogen, an Bord von Flugzeugen, die der verrückte Norberto vom Grunde der Nacht aus als Messerschmitt-Jäger identifiziert hatte, als Messerschmitt-Geschwader, die dem Zweiten Weltkrieg entronnen waren. Aber Wieder, das wussten wir, flog nicht im Geschwader. Wieder flog in einem kleinen Flugzeug, und er flog allein.

4

Die Geschichte von Juan Stein, dem Leiter unserer Literaturwerkstatt, ist so ungeheuerlich wie das Chile jener Jahre.

Geboren im Jahre 1945, hatte er zum Zeitpunkt des Militärputsches zwei Bücher veröffentlicht, eines in Concepción (Auflage 500 Stück), das andere in Santiago (Auflage 500 Stück), die es zusammen auf gerade einmal 50 Seiten brachten. Seine Gedichte waren kurz und – wie bei den meisten Dichtern seiner Generation – zu gleichen Teilen beeinflusst von Nicanor Parra und Ernesto Cardenal sowie von der larischen Dichtung Jorge Teilliers, obwohl Stein uns empfahl, lieber Lihn als Teillier zu lesen. Seine und unsere Vorlieben unterschieden sich nicht selten, waren manchmal sogar diametral entgegengesetzt: Er hatte weder für Jorge Cáceres (den von uns verehrten chilenischen Surrealisten) noch für Rosamel del Valle oder für Anguita etwas übrig. Ihm gefielen Pezoa Véliz (von dem ich einige Gedichte auswendig weiß), Magallanes Moure (eine Frivolität, die wir dadurch ausglichen, dass wir uns mit der Dichtung des grässlichen Braulio Arenas einließen), die geographischen und gastronomischen Gedichte von Pablo de Rokha (denen wir auswichen – und wo ich jetzt wir sage, wird mir bewusst, dass ich hier wohl nur für Bibiano O'Ryan und mich spreche, da ich mich nicht mehr an die literarischen Phobien und Philien der anderen erinnere –, auswichen, sage ich, wie man einem zu tiefen

Graben ausweicht, zumal es allemal vorzuziehen ist, Rabelais zu lesen), Nerudas Liebesgedichte und sein *Aufenthalt auf Erden* (das uns, die wir seit frühester Kindheit unter Neruditis litten, Allergien und Juckreiz verursachte). Einer Meinung waren wir – mit gewissen Vorbehalten bezüglich einiger Teile ihrer Werke – bei den erwähnten Dichtern Parra, Lihn und Teillier (das Erscheinen von *Artefakte,* das bei uns Begeisterung auslöste, veranlasste Stein, dem alten Nicanor in einer Mischung aus Verärgerung und Verblüffung einen Brief zu schreiben, in dem er ihm einige der Witze zum Vorwurf machte, die er sich in diesem kritischen Moment des revolutionären Kampfs in Lateinamerika geleistet habe; Parra antwortete ihm auf der Rückseite einer Postkarte von *Artefakte,* er solle sich keine Gedanken machen, es gäbe weder unter den Linken noch unter den Rechten jemanden, der läse, und wie ich weiß, bewahrte Stein die Karte sorgsam auf), außerdem gefielen uns Armando Uribe Arce, Gonzalo Rojas und einige Dichter aus Steins Generation, der Generation der in den vierziger Jahren Geborenen, mit denen wir uns mehr der physischen Nähe als der ästhetischen Affinität wegen beschäftigten, die uns wahrscheinlich aber am stärksten beeinflusst haben. Juan Luis Martínez (der uns vorkam wie ein kleiner, hilflos durchs Land irrender Kompass), Oscar Hahn (der Ende der dreißiger Jahre geboren war, was aber keine Rolle spielt), Gonzalo Millán (der zweimal bei uns in der Literaturwerkstatt seine Gedichte vorlas, sehr kurze, aber unendlich viele Gedichte), Claudio Bertoni (der fast schon zu unserer Generation, der Generation der in den fünfziger Jahren Geborenen, gehörte), Jaime Quezada (der sich einmal zusammen mit uns betrunken hat und plötzlich anfing, kniend und aus vollem Hals eine Novene zu beten), Waldo Rojas (einer der ersten, die sich von einer gewissen »leichten Poesie« distanzierten, die zu jener Zeit des epigonalen Ausverkaufs à la Parra und Cardenal Furore machte) und natürlich Diego Soto, für Stein der beste Dichter seiner Generation, für uns *einer* der beiden Besten. Der andere war Stein.

Bibiano und ich besuchten Stein häufig in seinem kleinen Haus unweit des Bahnhofs, in dem er schon während seiner Studienzeit an der Universität von Concepción gewohnt hatte und auch dann noch wohnen blieb, als er an derselben Universität Professor geworden war. Das Haus beherbergte weniger eine Fülle von Büchern als vielmehr unzählige Landkarten. Das war das erste, was uns auffiel: vergleichsweise wenige Bücher (dagegen glich die Wohnung von Diego Soto einer Bibliothek) und eine Unmenge von Landkarten. Karten von Chile, von Argentinien, von Peru, Karten von den Andenkordilleren, eine Straßenkarte von Mittelamerika, wie ich sie nie wieder gesehen habe, herausgegeben von einer protestantischen Kirche in Nordamerika, Karten von Mexiko, Karten von der Eroberung Mexikos, Karten von der mexikanischen Revolution, Karten von Frankreich, von Spanien, von Deutschland, von Italien, eine Karte des englischen Eisenbahnnetzes und eine Karte der Zugreisen in der englischen Literatur, Karten von Griechenland und Ägypten, von Israel und dem Nahen Osten, ein Stadtplan des alten und des modernen Jerusalem, Karten von Indien und Pakistan, von Birma und Kambodscha, eine Karte der Gebirge und Flüsse Chinas und eine der schintoistischen Tempel in Japan, eine Karte der australischen Wüste und eine von Mikronesien, eine Karte der Osterinseln und ein Stadtplan von Puerto Montt im Süden Chiles.

Er besaß viele Karten, wie es oft bei Menschen der Fall ist, die sich nichts sehnlicher wünschen, als zu reisen, und die doch nie ihr Land verlassen haben.

Neben den Landkarten hingen an der Wand zwei gerahmte Fotografien, beide schwarzweiß. Auf der einen sah man einen Mann und eine Frau vor der Tür ihres Hauses sitzen. Der Mann ähnelte mit seinem strohblonden Haar und den blauen, von dunklen Ringen untermalten Augen Juan Stein. Das waren, wie er sagte, sein Vater und seine Mutter. Bei der anderen handelte es sich um das Portrait – das offizielle Portrait – eines Generals der Roten Armee mit Namen Iwan Tschernjachowsky, des nach Steins Aussage fähigsten Generals des Zweiten Weltkriegs. Bibiano, der etwas von diesen Dingen verstand, erwähnte Schukow, Konjew, Rokossowskij, Watutin, Malinowski, doch Stein blieb dabei: Schukow war brillant und eiskalt gewesen, Konjew knallhart und wahrscheinlich ein Hurensohn, Rokossowskij hatte Talent und hatte Schukow, Watutin war ein guter General, aber nicht besser als die deutschen Generäle, die ihm gegenüberstanden, von Malinowski ließe sich mehr oder weniger dasselbe sagen, doch an Tschernjachowsky reichte keiner heran (vielleicht wenn man Schukow, Wassiljewski und die drei besten Kommandeure der Panzertruppen zusammennahm). Tschernjachowsky war ein Naturtalent (wenn so etwas in der Kriegskunst möglich ist), er wurde von seinen Leuten geliebt (soweit Soldaten einen General lieben können) und war zudem jung, der jüngste General, der eine Heeresgruppe befehligte (in der Sowjetunion »Front« genannt), und einer der wenigen Stabsoffiziere, die in vorderster Linie den Tod fanden – 1945, als der Krieg bereits gewonnen war, im Alter von neununddreißig Jahren.

Uns wurde bald klar, dass Stein mit Tschernjachowsky mehr verband als nur die Bewunderung für die strategischen und taktischen Fähigkeiten des sowjetischen Generals. Als wir eines Nachmittags über Politik sprachen, fragten wir ihn, wie es kommen konnte, dass er als alter Trotzkist sich dazu herabgelassen habe, die sowjetische Botschaft um das Foto des Generals zu bitten. Das war scherzhaft gemeint, Stein verstand es jedoch anders und bekannte freimütig, das Foto wäre ein Geschenk seiner Mutter, die eine Kusine ersten Grades von Iwan Tschernjachowsky gewesen sei. Sie war es, die in ihrer Eigenschaft als nahe Verwandte des Helden vor Jahren die sowjetische Botschaft darum gebeten hatte. Als er von zu Hause fortging, um in Concepción zu studieren, hatte die Mutter ihm das Foto mitgegeben, ohne sich weiter dazu zu äußern. Dann erzählte er von den Tschernjachowskys in der Sowjetunion, sehr armen ukrainischen Juden, und von den ungleichen Schicksalen, die sie über die ganze Welt verstreut hatten. Wir erfuhren, dass der Vater seiner Mutter und der Vater des Generals Brüder gewesen seien, dieser somit sein Onkel war. Wir bewunderten Stein schon vorher – bedingungslos, würde ich sagen –, nach dieser Enthüllung jedoch wuchs unsere Bewunderung ins Unermessliche. Mit den Jahren fanden wir noch mehr über Tschernjachowsky heraus: Er war während der ersten Kriegsmonate Kommandeur einer Division von Panzerfahrzeugen, der 28. Panzerdivision, kämpfte, ständig auf dem

Rückzug, in den Ländern des Baltikums und im Gebiet von Nowgorod, war danach ohne Kommando, bis man ihm das Kommando über ein Korps (in der Terminologie des sowjetischen Militärs die Bezeichnung für eine Division) in der Gegend von Woronesch übertrug, das dem Kommando der 60. Armee unterstand (in der Terminologie des sowjetischen Militärs die Bezeichnung für ein Korps), und als im Verlauf der Nazi-Offensive von 1942 der Kommandeur der 60. Armee abgesetzt wurde, bot man ihm den Posten an, womit er unweigerlich Neid und Missgunst auf sich zog, war er doch der jüngste Führungsoffizier unter dem Oberbefehl von Watutin (dem damaligen Kommandeur der bei Woronesch stationierten Front, in der Terminologie des sowjetischen Militärs die Bezeichnung für eine Heeresgruppe, aber ich glaube, das sagte ich bereits), den er respektierte und achtete. Er machte die 60. Armee zu einer siegreichen Kriegsmaschine, die auf russischem Gebiet und später auf dem Gebiet der Ukraine immer weiter vordrang, ohne dass jemand sie aufhalten konnte, erhielt dann 1944 das Kommando einer Front, der Dritten Weißrussischen Front, und es war sein Verdienst, dass im Zuge der Offensive von 1944 die Heeresgruppe Mitte vernichtet wurde, die vier deutsche Armeen umfasste, was vermutlich der schwerste Schlag war, den die Nazis während des gesamten Zweiten Weltkriegs einstecken mussten, schlimmer als der Kessel von Stalingrad oder die Landung in der Normandie, schlimmer als die Operation Cobra oder die Überquerung des Dnjepr (an der er beteiligt war), schlimmer als die Ardennenoffensive oder die Schlacht bei Kursk (an der er beteiligt war). Wir erfuhren auch, dass von allen russischen Armeen, die bei der Operation Bagration (der Vernichtung der Heereseinheit Mitte) eingesetzt waren, die Dritte Weißrussische Front sich die meisten Lorbeeren verdiente, dass ihr Vormarsch unaufhaltsam war und mit einer bis dahin ungeahnten Geschwindigkeit und Effizienz vonstatten ging, dass sie die erste war, die Ostpreußen erreichte, dass er in jungen Jahren seine Eltern verloren hatte, dass er in Häusern, die nicht sein Haus, in Familien, die nicht seine waren, Aufnahme fand, dass er unter dem Spott und den Demütigungen zu leiden hatte, denen Juden ausgesetzt waren, dass er all denen, die ihn verachteten, bewies, dass er ihnen nicht nur ebenbürtig, sondern überlegen war, dass er in seiner Kindheit miterleben musste, wie Petljuras Anhänger (ukrainische Nationalisten) in der Dorfschaft Werbowo (deren weiße Häuschen verstreut an den Hängen sanfter Hügel liegen) seinen Vater folterten und ihn dann ermorden wollten, dass seine Jugend eine Mischung aus Dickens und Makarenko war, dass er im Krieg seinen Bruder Alexander verlor, und dass ihm diese Nachricht einen halben Tag und die darauffolgende Nacht über verheimlicht wurde, weil Iwan Tschernjachowsky gerade eine seiner Offensiven führte, dass er allein mitten auf einer Straße starb, dass er zweimal als Held der Sowjetunion ausgezeichnet wurde, dass er den Leninorden erhielt, vier Orden am Roten Band, zwei Suworow-Orden Erster Klasse, den Kutuzow-Orden Erster Klasse, den Bogdan Jmelnitzki-Orden Erster Klasse und unzählige andere Medaillen, dass ihm auf Initiative der Regierung und der Partei in Vilnius und Winniza Standbilder errichtet wurden (sein Denkmal in Vilnius steht sicherlich nicht mehr, und wahrscheinlich ist auch das in Winniza zerstört worden), dass die Stadt Insterburg im ehemaligen Ostpreußen ihm zu Ehren heute den Namen Tschernjachowsk trägt, dass die Kolchose in der Gemeinde Werbowo im Kreis Tomaschpolsky ebenfalls nach ihm benannt wurde (heute existieren nicht einmal mehr die Kolchosen), und dass in der im Bezirk Umanski der Provinz Tscherkassy gelegenen Gemeinde Oksanino eine Bronzebüste zum Ruhme des großen Generals aufgestellt wurde (ich würde ein Monatsgehalt darauf verwetten, dass man die Büste ersetzt hat; heute heißt der Held Petljura, und wer weiß, wer es morgen sein wird). Aber wie Bibiano mit einem Parra-Zitat zu sagen pflegt: So vergeht der Ruhm der Welt, ohne Ruhm, ohne Welt, ohne ein erbärmliches Mortadellabrot.

Jedenfalls hing dort, in Steins Wohnung, das Bild von Tschernjachowsky in einem ziemlich pompösen Rahmen, und das war vermutlich bedeutsamer (ich möchte sogar behaupten, unendlich viel bedeutsamer) als die Büsten, Städte oder unzähligen schlecht asphaltierten Straßen in der Ukraine, in Weißrussland, Litauen und Russland, die seinen Namen trugen. Ich weiß nicht, warum ich das Foto habe, sagte Stein, sicher weil er der einzige einigermaßen bedeutende jüdische General des Zweiten Weltkriegs war und ein tragisches Schicksal hatte. Obwohl, wahrscheinlicher ist, dass ich es aufhebe, weil meine Mutter es mir als eine Art Rätsel mit auf den Weg gab, als ich von zu Hause fortging: Sie schenkte mir das Bild ohne jeden Kommentar. Was wollte sie mir damit sagen? War das Geschenk eine Erklärung oder der Beginn eines Dialogs? Und so weiter und so fort. Die Schwestern Garmendia fanden das Foto von

Tschernjachowsky scheußlich und hätten an der Wand lieber ein Bild von Blok gesehen, den sie wirklich attraktiv fanden, oder eins von Majakowski, dem idealen Liebhaber. Was bringt einen Neffen Tschernjachowskys dazu, im Süden Chiles Literatur zu unterrichten, fragte sich Stein manchmal, vorzugsweise in betrunkenem Zustand. Dann wieder kündigte er an, er werde den Rahmen benutzen, um eine in seinem Besitz befindliche Fotografie von William Carlos Williams aufzuhängen, die den Dichter mit den Utensilien eines Landarztes zeigte – mit schwarzem Köfferchen und einem Stethoskop, das wie eine doppelköpfige Schlange aus der Tasche eines alten, abgewetzten, aber warmen und bequemen Sakkos ragt und fast herauszufallen droht –, wie er einen langen Bürgersteig entlanggeht, der von weißen, grünen oder roten Holzzäunen gesäumt wird, hinter denen sich kleine Vorgärten oder Rasenstreifen und ein mitten in der Arbeit liegengebliebener Rasenmäher erahnen lassen, mit einem schmalkrempigen, dunkelfarbigen Strohhut auf dem Kopf und sehr klaren, fast leuchtenden Brillengläsern, einem Leuchten jedoch, das nicht zu Exzessen oder Extremen ermuntert, weder besonders glücklich noch besonders traurig und trotzdem zufrieden (vielleicht, weil er es warm hat in seinem Sakko, vielleicht, weil er weiß, dass der Patient, den er besucht, durchkommen wird), heiter dahinspazierend, an einem Wintertag, sagen wir um sechs Uhr abends.

Er tauschte das Bild von Tschernjachowsky jedoch nie gegen das angebliche Foto von William Carlos Williams aus. Bezüglich seiner Echtheit hegten mehrere Teilnehmer der Werkstatt und gelegentlich Stein selbst einige Zweifel. Die Garmendias meinten, es ähnele eher Präsident Truman, der in *irgendeiner* Verkleidung, nicht unbedingt in der eines Arztes, inkognito durch die Straßen seines Heimatorts spaziert. Für Bibiano handelte es sich um eine geschickte Fotomontage: Das Gesicht war das von Williams, der Körper gehörte jemand anderem, vielleicht wirklich einem Landarzt, und der Hintergrund setzte sich aus mehreren Teilen zusammen: einerseits die Holzzäune, andererseits Rasen und Rasenmäher, die Vögel auf den Zäunen und sogar auf der Lenkstange des Rasenmähers, der hellgraue Abendhimmel, das alles stammte von acht oder neun verschiedenen Fotos. Stein wusste nicht, was er sagen sollte, hielt aber alles für möglich. Jedenfalls nannte er es »das Foto von Doktor Williams« und gab es nicht weg (manchmal nannte er es das Foto von Doktor Norman Rockwell oder das Foto von Doktor William Rockwell). Es war zweifellos einer seiner wertvollsten Gegenstände, was nicht verwunderlich ist, denn Stein war arm und besaß wenige Dinge. Einmal (wir diskutierten über Schönheit und Wahrheit) fragte ihn Verónica Garmendia, was er denn mit dem Foto von Williams verbinde, wenn er fast hundertprozentig sicher sei, dass es nicht Williams darstelle. Mir gefällt das Foto, gestand Stein, mir gefällt die Vorstellung, dass es sich um William Carlos Williams handelt. Vor allem aber, fügte er nach einer Welle hinzu, als wir bereits in Gramsci vertieft waren, gefällt mir die Ruhe auf dem Foto, die Gewissheit, dass Williams seine Arbeit tut, auf dem Weg zur Arbeit ist, zu Fuß, auf einem bequemen Bürgersteig und ohne jede Eile. Und viel später, als wir schon über die Dichter und die Pariser Commune sprachen, sagte er: *Ich weiß es nicht*, fast flüsternd, sodass ihn, glaube ich, niemand gehört hat.

Nach dem Putsch verschwand Stein, und lange Zeit hielten Bibiano und ich ihn für tot.

Tatsächlich hielten ihn alle für tot, fanden es alle normal, dass man den bolschewistischen jüdischen Scheißkerl wohl umgebracht hatte. Eines Nachmittags trieben Bibiano und ich uns in der Nähe seines Hauses herum. Wir hatten Angst zu klingeln, weil wir in unserer Paranoia dachten, das Haus würde überwacht oder es könnte womöglich ein Polizist die Tür öffnen, uns hereinbitten und nie wieder hinauslassen. So liefen wir drei- oder viermal an dem Haus vorbei, sahen kein Licht und entfernten uns mit einem eher bedrückenden Gefühl der Beschämung, aber auch mit heimlicher Erleichterung. Eine Woche später kamen wir, ohne uns abzusprechen, wieder an Steins Haus vorbei. Niemand reagierte auf unser Klingeln. Eine Frau schaute flüchtig aus einem Fenster des Nachbarhauses zu uns herüber, und abgesehen davon, dass die Situation uns eine Reihe unbestimmter Filmszenen in Erinnerung rief, verstärkte sie das Gefühl von Einsamkeit und Verlassenheit, das nicht nur Steins Haus, sondern die ganze Straße in uns weckte. Als wir zum dritten Mal hingingen, öffnete uns eine junge Frau mit zwei Kindern im Schlepptau, die beide nicht älter als drei waren: Eins lief bereits, das andere krabbelte. Sie sagte, sie und ihr Mann würden jetzt hier wohnen, den Vormieter habe sie nicht kennen gelernt, und wenn wir etwas wissen wollten, müssten wir mit der Vermieterin sprechen. Sie war sehr nett, bat uns herein und bot uns eine Tasse Tee an, die Bibiano und ich ablehnten. Wir wollen nicht stören, sagten wir. Die Landkarten und das Foto von General Tschernjachowsky waren von den Wänden verschwunden. War er ein guter Freund, und ist er plötzlich ohne Vorankündigung fortgegangen? fragte die Frau mit einem Lächeln. Ja, sagten wir, so ungefähr.

Wenig später kehrte ich Chile endgültig den Rücken.

Ich weiß nicht mehr, ob ich gerade in Mexiko oder in Frankreich lebte, als mich ein Brief von Bibiano erreichte, sehr knapp, im Telegrammstil, fast eine Denksportaufgabe oder purer Nonsens (was immerhin auf einen fröhlichen Bibiano schließen ließ). Dem Brief war ein Artikel aus einer wahrscheinlich in Santiago erscheinenden Tageszeitung beigelegt, in dem mehrere »chilenische Terroristen« erwähnt wurden, die mit den Truppen des Frente Sandinista über Costa Rica nach Nicaragua gelangt seien. Einer von ihnen war Juan Stein.

Von da an rissen die Nachrichten über Stein nicht mehr ab. Wie ein Phantom tauchte er überall dort aus der Versenkung auf, wo es zu Auseinandersetzungen kam, wo verzweifelte, selbstlose, verrückt gewordene, heldenmütige oder verabscheuungswürdige Lateinamerikaner in einem letztlich zum Scheitern verurteilten Versuch die Wirklichkeit zerstörten, wiederaufbauten und erneut zerstörten. Ich sah ihn in einem Filmbericht über die Einnahme von Rivas, einer Stadt im Süden Nicaraguas, mit notdürftig geschnittenem Haar und magerer als früher, seiner Kleidung nach halb Soldat und halb Professor einer Sommerakademie, Pfeife im Mund und eine zerbrochene, drahtgeflickte Brille auf der Nase. Bibiano schickte mir einen Zeitungsausschnitt, in dem es hieß, Stein und fünf andere ehemalige Mitstreiter des MIR würden in Angola gegen die Südafrikaner kämpfen. Einige Zeit später erhielt ich zwei fotokopierte Seiten aus einer mexikanischen Zeitschrift (damals war ich ganz bestimmt in Paris), in der von Meinungsverschiedenheiten zwischen den Kubanern in Angola und einigen Gruppen von Internationalisten die Rede war, zu denen auch zwei chilenische Abenteurer gehörten, einzige Überlebende (nach eigener Aussage, und das Gespräch mit dem Journalisten dürfte in einer Bar in Luanda stattgefunden haben, woraus ich wiederum schließe, dass sie betrunken waren) einer Gruppe mit Namen *Die Fliegenden Chilenen,* was mich an den Zirkus *Die menschlichen Adler* und seine nicht enden wollenden jährlichen Tourneen durch den Süden Chiles erinnerte. Natürlich war einer dieser Überlebenden Stein. Von dort ging er, glaube ich, nach Nicaragua, wo sich seine Spur zeitweilig verliert. Er ist Stellvertreter eines Guerillaführers und Priesters, der bei der Einnahme von Rivas ums Leben kommt. Danach führt er ein Bataillon oder eine Brigade oder ist Vizekommandant von irgendwas oder wechselt zur Nachhut, um junge Freiwillige auszubilden. An dem triumphalen Einzug in Managua nimmt er nicht teil. Eine Zeit lang verschwindet er erneut. Es heißt, er sei an dem Kommando beteiligt, das Somoza in Paraguay ermordet. Es heißt, er halte sich bei der kolumbianischen Guerilla auf. Es heißt sogar, er sei nach Afrika zurückgekehrt, befinde sich in Angola oder Mosambik oder bei der namibischen Guerilla. Er lebt in ständiger Gefahr, und wie in Westernfilmen ist die Kugel noch nicht gegossen, die ihn töten könnte. Aber er kehrt nach Amerika zurück und lässt sich eine Zeit lang in Managua nieder. Bibiano erfährt von einem argentinischen Dichter (einem gewissen Di Angeli), mit dem er in

Briefkontakt steht, dass bei einer von ihm, Di Angeli, im Kulturzentrum von Managua organisierten Lesung argentinischer, uruguayischer und chilenischer Dichter einer der Mitarbeiter, »ein großer, blonder Typ mit Brille«, einige Bemerkungen über die chilenische Dichtung und das Auswahlkriterium für die gelesenen Texte fallengelassen habe (die Veranstaltungsleiter, unter ihnen besagter Di Angeli, hatten sich aus politischen Gründen gegen die Aufnahme von Gedichten Nicanor Parras und Enrique Lihns gesperrt), mit einem Wort, dass er sich mit den Organisatoren der Lesung überworfen habe, zumindest was den chilenischen Programmteil betraf, ohne jedoch im mindesten ausfallend zu werden, vollkommen gelassen, würde ich sagen, sagte Di Angeli, mit viel Ironie und einer Portion Melancholie oder Müdigkeit oder was weiß ich. (Nebenbei bemerkt, war besagter Di Angeli von den zahllosen Informanten in aller Welt, mit denen Bibiano von seinem Schuhgeschäft in Concepción aus korrespondierte, einer der unverschämtesten, zynischsten und amüsantesten Vertreter, ein typischer linker Parvenü, aber durchaus bereit, sich für seine diversen Versäumnisse und Exzesse zu entschuldigen; Bibiano zufolge nahmen seine Fehlleistungen sagenhafte Ausmaße an, und während des Stalinismus hätte sein tristes Leben als Modell für einen großen pikaresken Roman dienen können, doch im Lateinamerika der siebziger Jahre war es nicht mehr als das: ein tristes Leben voller kleiner Schäbigkeiten und einiger nicht einmal böse gemeinter Gemeinheiten. Bei den Rechten wäre es ihm besser ergangen, bemerkte Bibiano, aber seltsamerweise sind die Di Angeli in den Reihen der Linken Legion; wenigstens ist die Literaturkritik bislang von ihm verschont geblieben, sagte er, aber wer weiß, was alles noch kommt. Als ich in der Schreckenszeit der achtziger Jahre einige mexikanische und argentinische Zeitschriften durchschaute, stieß ich tatsächlich auf mehrere Essays von Di Angeli. Offenbar hatte er Karriere gemacht. In den Neunzigern bin ich den Erzeugnissen seiner Feder nicht mehr begegnet, wohl deswegen, weil ich von Tag zu Tag seltener Zeitschriften lese.) Tatsache ist, dass Stein nach Amerika zurückgekehrt war, und nach Bibianos Überzeugung handelte es sich um niemand anderen als um Juan Stein aus Concepción, den Neffen von Tschernjachowsky. Eine Zeit lang, die Zeit eines allzu lange währenden Seufzers, kann man ihn bei Gelegenheiten wie der erwähnten Lesung von Dichtern des Cono Sur zu Gesicht bekommen, bei Gemäldeausstellungen, in Begleitung von Cardenal (zweimal), in irgendeiner Funktion am Theater. Dann verschwindet er und wird nie wieder in Nicaragua gesehen. Sehr weit fort geht er nicht. Manche sagen, er halte sich bei der guatemaltekischen Guerilla auf, andere versichern, er kämpfe unter dem Banner des Frente Farabundo Martí. Bibiano und ich waren uns darüber einig, dass eine Guerilla dieses Namens würdig war, Stein in ihren Reihen zu haben. Obwohl Stein wahrscheinlich diejenigen eigenhändig umgebracht hätte, die für den Tod von Roque Dalton verantwortlich waren (aus der Entfernung wuchs und verzerrte sich seine Wildheit und Unerbittlichkeit ins Unermessliche, wie bei dem Protagonisten eines Hollywoodstreifens). Wie ließen sich in ein und demselben Traum oder Alptraum der Neffe von Tschernjachowsky, der bolschewistische Jude aus den

Wäldern Südchiles, und die Hurensöhne unterbringen, die Roque Dalton im *Schlaf* ermordeten, um die Diskussion zu beenden, und weil es ihrer Revolution zupass kam? Undenkbar. Jedenfalls ist Stein dort. Er nimmt an mehreren Offensiven und Himmelfahrtskommandos teil, und eines Tages verschwindet er, und diesmal für immer. Damals lebte ich bereits in Spanien, arbeitete in schlecht bezahlten Jobs, besaß keinen Fernseher, kaufte mir aber auch nur selten eine Zeitung. Bibiano zufolge wurde Juan Stein bei der letzten Offensive des FMLN getötet, die mit der Eroberung einiger Stadtviertel von San Salvador endete und ein breites Medienecho hervorrief. Ich erinnere mich, Bruchstücke dieses fernen Krieges in den Bars von Barcelona gesehen zu haben, in die ich kam, um zu essen oder etwas zu trinken, doch obwohl die Leute Fernsehen schauten, war es unmöglich, bei dem Gesprächslärm und dem Klappern der Teller, die rein- und rausgetragen wurden, irgendetwas zu verstehen. Sogar die Bilder, die sich mir eingeprägt haben (Bilder, die von sogenannten Kriegsberichterstattern gedreht wurden), sind verschwommen und lückenhaft. Ganz deutlich erinnere ich mich nur an zwei Dinge: an die Barrikaden in den Straßen von San Salvador, überaus armselige Barrikaden, mehr Schießstände als Barrikaden, und an die kleine, dunkle und sehnige Gestalt eines FMLN-Kommandanten. Er ließ sich mit *Comandante Achill* oder *Comandante Odysseus* anreden und wurde, so viel ich weiß, kurz nach dem Fernsehinterview getötet. Bibiano zufolge trugen alle Kommandanten jener verzweifelten Offensive Namen griechischer Helden oder Halbgötter. Welchen trug wohl Stein, *Comandante Patroklos, Comandante Hector, Coman-*

dante Paris? Ich weiß es nicht. Sicherlich nicht *Äneas.* Auch nicht *Odysseus.* Nach der Schlacht entdeckte man unter den aufgereihten Toten einen großen blonden Mann. In den Archiven der Polizei ist eine oberflächliche Beschreibung vermerkt: Narben an Armen und Beinen, alte Wunden, eine Tätowierung auf dem rechten Arm, ein aufgerichteter Löwe. Die Tätowierung ist gut gemacht, die Arbeit eines Künstlers, wie man sie weiß Gott nicht in El Salvador bekommt. In der zentralen Meldestelle der Polizei wird der Unbekannte als Jacobo Sabotinski geführt, argentinischer Staatsbürger und ehemaliges Mitglied des ERP.

Viele Jahre später fuhr Bibiano nach Puerto Montt und suchte nach dem Elternhaus von Juan Stein. Er fand niemanden mit diesem Namen. Es gab einen Stone, zwei Steiner und eine dreiköpfige Familie Steen. Stone schied sofort aus. Er besuchte die beiden Steiner und die drei Steen. Letztere konnten ihm wenig sagen, sie waren keine Juden, wussten nichts von einer Familie Stein oder Tschernjachowsky; sie fragten Bibiano, ob er selber Jude und bei der Sache etwas zu verdienen sei. Ich vermute, dass sich Puerto Montt zu jener Zeit gerade voll und ganz dem Wirtschaftswachstum verschrieben hatte. Die Steiner waren Juden, aber ihre Familie kam aus Polen, nicht aus der Ukraine. Der erste Steiner, ein großer und übergewichtiger Agraringenieur, war ihm keine große Hilfe. Die andere Steiner, Tante des vorigen und Klavierlehrerin am Gymnasium, erinnerte sich an eine verwitwete Stein, die 1974 nach Llanquihue umgezogen sei. Aber diese Frau, erklärte die Pianistin, war keine Jüdin. Etwas verwirrt fuhr Bibiano nach Llanquihue. Sicherlich täuschte sich die Klavierlehrerin im Fall der

Witwe Stein, weil sie keine praktizierende Jüdin war. Wenn man Stein und seine Vorfahren kannte (der Onkel ein General der Roten Armee), schien es nicht verwunderlich, dass sie Atheisten waren.

In Llanquihue fand er ohne große Mühe das Haus der Witwe Stein. Es war ein grün gestrichenes Holzhaus am Rande der Dorfschaft. Als er durch das Gatter schritt, sprang ihm zur Begrüßung ein freundlicher Hund entgegen, schwarzweiß gescheckt wie eine Kuh in Kleinformat, und nach einer Weile, nachdem er die Klingel gedrückt hatte, die wie eine Glocke klang oder vielleicht eine Glocke war, öffnete eine Frau von etwa fünfunddreißig Jahren die Tür. Eine der schönsten Frauen, die Bibiano je gesehen hatte.

Er fragte, ob hier die Witwe Stein wohne. Sie wohnte hier, aber das ist schon länger her, antwortete die Frau gut gelaunt. Wie schade, sagte Bibiano, seit zehn Tagen bin ich auf der Suche nach ihr und muss bald wieder nach Concepción zurück. Daraufhin bat ihn die Frau herein; sie sagte, sie sei gerade dabei gewesen, sich ein zweites Frühstück zu machen, ob er ihr Gesellschaft leisten wolle, Bibiano sagte, ja, natürlich, und dann gestand ihm die Frau, dass die Witwe Stein schon seit drei Jahren tot sei. Die Miene der Frau schien sich plötzlich zu verdüstern, und Bibiano gab sich dafür die Schuld. Die Frau hatte die Witwe Stein gekannt, und obwohl sie nie Freundinnen gewesen waren, hegte sie eine gute Meinung von ihr: eine etwas herrschsüchtige Frau, eine dieser hundertfünfzigprozentigen Deutschen, im Grunde jedoch ein guter Mensch. Ich kannte sie nicht, sagte Bibiano, eigentlich suche ich sie, um ihr die Nachricht vom Tod ihres Sohnes zu überbringen, aber vielleicht ist es besser so, es ist immer schrecklich, einer Mutter zu sagen, dass eines ihrer Kinder gestorben ist. Das ist unmöglich, sagte die Frau. Sie hatte nur einen Sohn, und der war noch am Leben, als sie starb, von ihm kann ich allerdings sagen, dass wir befreundet waren. Bibiano spürte, wie ihm das Avocadobrot im Hals stecken blieb. Nur einen Sohn? Ja, ein Junggeselle, sehr gut aussehend, ich weiß nicht, warum er nie geheiratet hat, ich nehme an, er war sehr schüchtern. Dann habe ich mich wohl wieder getäuscht, sagte Bibiano, wir sprechen offensichtlich von zwei verschiedenen Familien Stein. Der Sohn der Witwe lebt nicht mehr in Llanquihue? Er ist letztes Jahr in einem Krankenhaus in Valdivia gestorben, wie man mir gesagt hat; wir waren befreundet, aber ich habe ihn nie im Krankenhaus besucht, unsere Freundschaft war nicht sehr eng. Woran ist er gestorben? An Krebs, glaube ich, sagte die Frau und schaute auf Bibianos Hände. Und er war ein Linker, nicht wahr? sagte Bibiano mit fast tonloser Stimme. Kann sein, sagte die Frau, plötzlich wieder gut gelaunt, ihre Augen leuchteten, sagte Bibiano, wie ich noch nie Augen habe leuchten sehen, er war links, aber nicht sehr engagiert, er gehörte zur schweigenden Linken, wie so viele Chilenen nach 1973. Er war kein Jude, oder? Nein, sagte die Frau, aber wer weiß, religiöse Fragen interessieren mich ehrlich gesagt nicht, doch nein, ich glaube nicht, dass sie Juden waren, sie waren Deutsche. Wie hieß er? Juan Stein. Juanito Stein. Und was machte er beruflich? Er war Professor, obwohl es sein Hobby war, Motoren zu reparieren, Motoren von Mähdreschern, Traktoren, Brunnen, einfach alles, er war ein Genie, was Motoren betrifft, und verdiente sich damit ein gutes Zubrot. Manchmal stellte er selbst die Ersatzteile her. Juanito Stein. Hat man ihn in Valdivia beerdigt? Ich glaube ja, sagte die Frau und wurde erneut traurig.

Bibiano machte sich also auf den Weg zum Friedhof von Valdivia und suchte in Begleitung eines Friedhofswärters, dem er ein ordentliches Trinkgeld versprochen hatte, einen ganzen Tag lang nach dem Grab jenes großen, blonden Juan Stein, der nie aus Chile herausgekommen war. Doch so sehr er auch suchte, er fand es nicht.

5

In den letzten Tagen des Jahres 1973 oder den ersten Tagen des Jahres 1974 verschwand auch Diego Soto, der große Freund und Rivale von Juan Stein.

Sie steckten immer zusammen (obwohl wir nie den einen in der Werkstatt des anderen sahen), sprachen ständig über Dichtung, selbst wenn der chilenische Himmel einzustürzen drohte, Stein groß und blond, Soto klein und dunkel, Stein athletisch und kräftig, Soto eher zierlich, mit einem Körper, dem man bereits ansah, wo er einmal aus dem Leim gehen würde. Stein im Orbit der lateinamerikanischen Dichtung, Soto als Übersetzer französischer Dichter, die in Chile niemand kannte (und die auch in Zukunft, fürchte ich, unbekannt bleiben werden), was viele Leute in Rage brachte, wie man sich denken kann. Wie kam dieser hässliche indianische Zwerg dazu, Alain Jouffroy, Denis Roche und Marcelin Pleynet zu übersetzen, mit ihnen Briefe zu wechseln? Wer, zum Teufel, waren Michel Bulteau, Matthieu Messagier, Claude Pelleu, Franck Venaille, Pierre Tilman, Daniel Biga? Was war Besonderes an diesem Georges Perec, dessen bei Denoel erschienene Bücher der aufgeblasene Schwachkopf Soto überall herumzeigte? An dem Tag, als man ihn nicht mehr durch die Straßen von Concepción laufen sah – mit seinen Büchern unterm Arm, immer korrekt gekleidet (im Gegensatz zu Stein, der wie ein Landstreicher herumlief), auf dem Weg zur medizinischen Fakultät oder um vor irgendeinem Theater oder Kino Schlange zu stehen – und er sich in Luft auflöste, gab es niemanden, der ihn vermisste. Viele würden seinen Tod begrüßt haben. Weniger aus politischen Gründen (Soto war ein Sympathisant der Sozialistischen Partei, aber auch nicht mehr als ein Sympathisant, nicht einmal ein treuer Wähler, ich würde sagen, ein pessimistischer Linker), sondern gewissermaßen aus ästhetischen Gründen, aus dem Vergnügen heraus, jemanden tot zu wissen, der klüger ist als man selbst, gebildeter als man selbst, und dem es an sozialem Geschick mangelt, dies zu verbergen. Heute glaubt einem das keiner mehr. Aber so war es, Sotos Feinde hätten ihm sogar seinen Sarkasmus verzeihen können; was sie ihm nie verziehen, war seine Gelassenheit. Seine Gelassenheit und seine Intelligenz.

Doch genau wie Stein (den er mit Sicherheit nie wiedersah) tauchte Soto als Exilant in Europa wieder auf. Zunächst in der DDR, die er nach einigen unangenehmen Vorfällen bei der ersten sich bietenden Gelegenheit wieder verließ. In der traurigen Folklore des Exils – in der mehr als die Hälfte aller Geschichten gefälscht oder bloß der Schatten der wirklichen Geschichte sind – kursiert das Gerücht, ein anderer Chilene habe ihn eines Nachts halb tot geschlagen, und Soto sei mit Schädeltrauma und zwei gebrochenen Rippen in einem Berliner Krankenhaus gelandet. Er ging daraufhin nach Frankreich, wo er sich damit über Wasser hielt, dass er Spanisch- und Englischunterricht erteilte und für einige idealistische Verlage skurrile lateinamerikanische Schriftsteller des frühen 20. Jahrhunderts übersetzte, die sich der phantastischen oder pornographischen Literatur verschrieben hatten, darunter etwa den vergessenen Romancier Pedro Pereda, der phantastisch und pornographisch zugleich war, Autor einer erstaunlichen Erzählung über eine Frau, der zum verständlichen Entsetzen ihrer Angehörigen am ganzen Körper vaginale und anale Öffnungen wachsen oder besser gesagt: sich auftun (die Erzählung spielt in den zwanziger Jahren, aber zumindest das Erstaunen, vermute ich, wäre in den Siebzigern oder Neunzigern das gleiche gewesen); die Frau zieht sich schließlich in ein von Bergleuten frequentiertes Bordell im Norden zurück, verkriecht sich in dem Bordell und innerhalb des Bordells in ein fensterloses Zimmer, bis sie sich am Ende in einen einzigen unförmigen und wildgewordenen *Eingang-Ausgang* verwandelt und dem alten Zuhälter, der das Bordell regiert, und den übrigen Prostituierten sowie den vor Schreck erstarrten Kunden den Garaus macht, dann das Haus verlässt und in die Wüste zieht (ob sie geht oder fliegt, lässt Pereda im Unklaren), bis schließlich der Wind sie verschlingt.

Außerdem versuchte er, die junge belgische Dichterin Sophie Podolski zu übersetzen (vergeblich), die 1921 Selbstmord beging, dann Pierre Guyotat, den Autor von *Eden, Eden, Eden* und *Prostitution* (ebenfalls vergeblich), und *Anton Voyls Fortgang* von Georges Perec, einen Kriminalroman, in dem kein einziges Mal der Buchstabe E vorkommt, wobei er sich mit seinem Versuch (der ihm nur zur Hälfte glückte) auf Jardiel Poncela stützte, der dasselbe ein halbes Jahrhundert zuvor in einer Erzählung gemacht hatte, in der besagter Buchstabe durch Abwesenheit glänzt. Aber ohne E *schreiben* war eine Sache, ohne E *übersetzen* eine andere.

In der Zeit, da wir beide in Paris lebten, bin ich Soto nie begegnet. Damals war ich nicht in der Stimmung, alte Freunde wiederzusehen. Außerdem hatte ich gehört, dass Sotos wirtschaftliche Situation sich zunehmend verbesserte, er war mit einer Französin verheiratet, später erfuhr ich (damals lebte ich bereits in Spanien, falls es auf zeitliche Genauigkeit ankommen sollte), dass sie einen Sohn hatten. Er besuchte regelmäßig die Treffen chilenischer Schriftsteller in Amsterdam, veröffentlichte in mexikanischen, argentinischen und chilenischen Lyrikzeitschriften, ich glaube, es erschien sogar ein Buch von ihm in Buenos Aires oder Madrid, später erzählte mir eine Freundin, dass er Literaturseminare an der Universität veranstaltete, was ihm finanzielle Sicherheit gab und Zeit, sich dem Lesen und der Forschung zu widmen, und dass er inzwischen zwei Kinder hatte, einen Jungen und ein Mädchen. Er hegte keinerlei Hoffnung, nach Chile zurückzukehren. Alles in allem war er vermutlich ein glücklicher Mensch. Ich konnte ihn mir ohne weiteres in einer komfortablen Pariser Wohnung vorstellen oder in einem Haus in irgendeinem Städtchen der näheren Umgebung, wie er in der Stille seines schalldichten Arbeitszimmers las, während die Kinder fernsahen und seine Frau kochte oder bügelte, denn einer musste ja schließlich kochen, oder noch besser, vielleicht war es ein portugiesisches oder afrikanisches Hausmädchen, das bügelte, sodass Soto in seinem schalldichten Arbeitszimmer ohne häusliche Gewissensbisse lesen oder auch schreiben konnte, obwohl er nie zu denen gehörte, die viel schrieben, und seine Frau saß in ihrem Arbeitszimmer, das in der Nähe des Kinderzimmers lag, oder an einem Tischchen aus dem

19. Jahrhundert in der Ecke des Wohnzimmers, und korrigierte Prüfungsarbeiten oder plante den Sommerurlaub oder blickte zerstreut ins Kinoprogramm, um zu entscheiden, welchen Film sie sich am Abend ansehen würden.

Bibianos Ansicht nach (der mit ihm in mehr oder weniger regelmäßigem Briefkontakt blieb) konnte man nicht sagen, Soto sei verbürgerlicht, er war es vielmehr immer gewesen. Der Umgang mit Büchern, sagte Bibiano, erfordert eine gewisse Sesshaftigkeit, ein gewisses notwendiges Maß an Verbürgerlichung, schau dir mich an, ich arbeite in einem Schuhladen, der mir immer mehr zum Hals raushängt oder ans Herz wächst, ich weiß es selbst nicht, lebe in derselben Pension und mache mehr oder weniger das gleiche wie Soto (oder lasse es mit mir machen), nur auf anderem Niveau.

Mit einem Wort: Soto war glücklich. Er glaubte, er sei der Verwünschung entronnen (zumindest glaubten wir das, Soto hat meines Erachtens nie an Verwünschungen geglaubt).

Es war Winter. Soto hasste das Fliegen, nur ein einziges Mal in seinem Leben hatte er ein Flugzeug bestiegen, als er sich Ende 1973 auf die Reise von Santiago nach Berlin machte. Er nahm also den Zug und stand am nächsten Morgen in Alicante. Das Kolloquium dauerte zwei Tage, ein Wochenende, doch anstatt Sonntagnacht nach Paris zurückzukehren, blieb Soto eine weitere Nacht in Alicante. Gründe für die Verzögerung sind nicht bekannt. Am Montag morgen löste er eine Fahrkarte nach Perpignan. Die Reise verlief ohne Zwischenfälle. Im Bahnhof von Perpignan angekommen, erkundigte er sich nach den Nachtzügen nach Paris und kaufte eine Karte für den Zug um ein Uhr morgens. Den restlichen Nachmittag über schlenderte er durch die Stadt, saß in Cafés und kaufte sich in einem Antiquariat ein Buch von Guerau de Carrera, einem frankokatalanischen Avantgarde-Dichter, der im Zweiten Weltkrieg ums Leben kam, doch die Mußestunden vertrieb er sich mit der Lektüre eines Krimis, den er noch am Morgen in Alicante gekauft hatte (Vázquez Montalbán, Juan Madrid?) und nicht zu Ende las; eine geknickte Seite verriet, dass er sich auf Seite 155 befand, obwohl er sich auf der Fahrt von Alicante nach Perpignan mit dem Lesehunger eines Schuljungen über das Buch hergemacht hatte.

In Perpignan aß er in einer Pizzeria zu Abend. Merkwürdig ist, dass er sich nicht für ein gutes Restaurant entschied, um die berühmte Küche des Roussillon auszuprobieren, jedenfalls gilt es als sicher, dass er in eine Pizzeria ging. Der Bericht des Gerichtsmediziners ist eindeutig und lässt nicht die Spur eines Zweifels. Soto aß einen grünen Salat, eine gewaltige Portion Cannelloni, eine riesige (aber *wirklich* riesige) Portion Eis (Schokolade, Erdbeer, Vanille und Banane) und trank zwei Espressi. Außerdem leerte er ganz allein eine Flasche italienischen Rotwein (vielleicht nicht die passende Wahl zu Cannelloni, aber ich verstehe nichts von Wein). Während des Essens las er gleichzeitig seinen Krimi und *Le Monde*. Er verließ die Pizzeria etwa um zehn Uhr abends.

Nach Aussage mehrerer Zeugen traf er gegen Mitternacht am Bahnhof ein. Bis zur Abfahrt des Zugs blieb ihm noch eine Stunde Zeit. Am Tresen des Bahnhofslokals trank er einen Kaffee. Er trug seine Reisetasche und in der anderen Hand das Buch von Carrera, den Krimi und seine Zeitung. Dem Kellner zufolge, der ihm den Kaffee servierte, war er nüchtern.

Er hielt sich nicht länger als zehn Minuten in dem Lokal auf. Ein Bahnhofsangestellter sah ihn den Bahnsteig entlanggehen, langsam, aber mit festem, sicherem Schritt. In keiner Weise betrunken. Womöglich verlor er sich in dem weglosen Labyrinth, von dem bei Dalí die Rede ist. Womöglich war es genau das, was er wollte: sich eine Stunde lang in der kolossalen Pracht des Bahnhofs von Perpignan verlieren; den (mathematischen, astronomischen, mythischen?) Pfad durchlaufen, von dem Dalí träumte, dass er sich an den Grenzen des Bahnhofs verbarg, ohne sich zu verbergen. In Wirklichkeit wie ein Tourist. Wie der ewige Tourist, der Soto war, seit er Concepción verlassen hatte. Ein lateinamerikanischer Tourist, genauso ratlos wie verzweifelt (Gómez Carrillo ist unser Vergil), aber eben doch ein Tourist.

Was weiter geschah, ist unklar. Soto irrt durch die Kathedrale oder große Sendezentrale, den Bahnhof von Perpignan. Wegen der späten Stunde und der winterlichen Kälte ist der Bahnhof weitgehend menschenleer, obwohl der Einuhrzug nach Paris nicht mehr fern ist. Die meisten Leute sitzen im Bahnhofslokal oder im zentralen Wartesaal. Aus unerfindlichen Gründen, vielleicht haben Stimmen ihn angelockt, zieht es Soto in einen abgelegenen Warteraum. Dort stößt er auf drei junge Neonazis und ein am Boden liegendes Bündel. Ungestüm treten die Jugendlichen auf das Bündel ein. Soto bleibt auf der Schwelle stehen, bis er bemerkt, dass sich das Bündel bewegt, dass unter den Lumpen eine

Hand, ein unglaublich schmutziger Arm hervorkommt. Die Stadtstreicherin, denn es ist eine Frau, schreit: Hört auf, mich zu schlagen! Niemand achtet auf ihr Schreien, nur der chilenische Dichter. Vielleicht treten Soto Tränen in die Augen, Tränen des Selbstmitleids, denn er ahnt, dass er sein Schicksal gefunden hat. Das Leben hat zwischen Tel Quel und Oulipo entschieden und die Seite der Ereignisse aufgeschlagen. Jedenfalls lässt er Reisetasche und Bücher auf die Schwelle fallen und geht auf die Jugendlichen zu. Bevor er sich in den Kampf stürzt, beschimpft er sie auf Spanisch. In dem kratzbürstigen Spanisch des chilenischen Südens. Die Jugendlichen erstechen Soto und ergreifen die Flucht.

Die Nachricht erschien als kurze Notiz in den katalanischen Zeitungen, ich erfuhr davon jedoch durch einen sehr ausführlichen Brief von Bibiano, der an den Bericht eines Privatdetektivs erinnerte. Es war der letzte, den er mir schrieb.

Anfangs ärgerte es mich, keine Briefe mehr von Bibiano zu erhalten, aber dann, als ich daran dachte, wie selten ich ihm antwortete, erschien es mir normal und ich nahm es ihm nicht übel. Jahre später erfuhr ich von einer Geschichte, die ich Bibiano gern erzählt hätte, doch damals wusste ich schon nicht mehr, an welche Adresse ich ihm schreiben sollte. Es ist die Geschichte von Petra, und in gewisser Hinsicht verhält sie sich zu Soto wie die Geschichte von Juan Steins Doppelgänger zu unserem Juan Stein. Die Geschichte von Petra müsste ich wie ein Märchen erzählen: Es war einmal ein armer chilenischer Junge ... Der Junge hieß Lorenzo, glaube ich, ich bin mir nicht sicher, und seinen Nachnamen habe ich vergessen, aber viele werden sich an ihn erinnern, und er kletterte für sein Leben gern auf Bäume und Hochspannungsmaste. Eines Tages, als er beim Spielen wieder auf einen dieser Maste kletterte, bekam er einen solchen Stromschlag, dass er beide Arme verlor. Man musste sie fast bis zum Ansatz der Schultern amputieren. So kam es, dass Lorenzo in Chile ohne Arme aufwuchs, was allein schon seine Situation ziemlich unvorteilhaft gestaltete, zudem wuchs er im Chile Pinochets auf, was jede unvorteilhafte in eine verzweifelte Situation verwandeln musste; das war aber noch nicht alles, denn bald stellte er fest, dass er homosexuell war, was die verzweifelte zu einer unfassbaren und unbeschreiblichen Situation machte.

Angesichts dieser Umstände war es nicht verwunderlich, dass aus Lorenzo ein Künstler wurde. (Was blieb ihm anderes übrig?) Doch es ist nicht leicht, Künstler zu sein in der dritten Welt, wenn man keine Arme hat, praktisch mittellos ist und obendrein schwul. Also widmete sich Lorenzo eine Zeit lang anderen Dingen. Er studierte und lernte. Er sang in den Straßen. Und er verliebte sich, denn er war ein unverbesserlicher Romantiker. Seine Enttäuschungen (ganz zu schweigen von den Demütigungen, der Verachtung oder Nichtbeachtung) waren fürchterlich, und eines Tages – ein Tag, den er rot anstrich im Kalender – beschloss er, sich umzubringen. An einem besonders traurigen Sommerabend, als die Sonne im Pazifik verschwand, sprang Lorenzo von einem Felsen, der ausschließlich von Selbstmördern benutzt wurde (und an keinem Abschnitt der chilenischen Küste, das etwas auf sich hält, fehlt), ins Meer. Er sank wie ein Stein, mit offenen Augen, sah das Wasser immer schwärzer werden und sah die Blasen, die von seinen Lippen aufstiegen, und dann, mit einer unwillkürlichen Bewegung der Beine, kam er wieder hoch. Die Wellen versperrten ihm die Sicht auf den Strand, er sah nur die Felsen und in der Ferne die Masten einiger Ausflugs- oder Fischerboote. Dann ging er wieder unter. Auch diesmal schloss er nicht die Augen: Er bewegte in aller Ruhe den Kopf (wie unter Narkose) und hielt Ausschau nach etwas, egal was, nur schön musste es sein, um es als letzten Eindruck zu behalten. Doch die Schwärze verbarg ihm jeden Gegenstand, der vielleicht mit ihm in die Tiefe sank, und er sah nichts. Dann, so will es die Legende, lief sein Leben wie ein Film vor seinen Augen ab. Einige Teile waren schwarzweiß, andere in Farbe. Die Liebe seiner armen Mutter, der Stolz seiner armen Mutter, die Erschöpfung seiner armen Mutter, da sie ihn nachts umarmte, als in den chilenischen Elendsvierteln alles an einem seidenen Faden zu hängen schien (in Schwarzweiß), die Krämpfe, die Nächte, in denen er ins Bett pinkelte, die Krankenhäuser, die Blicke, der Zoo der Blicke (in Farbe), die Freunde, die das wenige teilten, was sie hatten, der Trost der Musik, das Marihuana, die an den unwahrscheinlichsten Orten sich offenbarende Schönheit (in Schwarzweiß), die Liebe, kurz und vollkommen wie ein Sonett von Góngora, die verzweifelte (aber mit der Wut der Verzweiflung gepaarte) Gewissheit, dass man nur einmal lebt. Und plötzlich packte ihn der Mut und er beschloss, nicht zu sterben. Er sagte sich, jetzt oder nie, und kehrte an die Oberfläche zurück. Das Auftauchen kam ihm ewig vor, sich über Wasser zu halten fast unmöglich, aber er schaffte es. An diesem Tag lernte er, ohne Arme zu schwimmen, wie ein Aal oder eine Schlange. Sich in der gegenwärtigen gesellschaftlichen und politischen Situation umzubringen, dachte er, ist absurd und überflüssig. Besser, man verwandelt sich in einen heimlichen Dichter.

Von da an begann er zu malen (mit dem Mund und mit den Füßen), begann zu tanzen, begann, Gedichte und Liebesbriefe zu schreiben, Instrumente zu spielen und Lieder zu komponieren (auf einem Foto sieht man ihn mit den Zehen Klavier spielen), und er begann Geld zu sparen, um Chile zu verlassen.

Es war schwer, aber endlich kam der Tag der Abreise. Natürlich war das Leben in Europa nicht viel einfacher. Eine ganze Weile, vielleicht Jahre (obwohl Lorenzo, der jünger war als Bibiano und ich und sehr viel jünger als Soto und Stein, Chile zu einem Zeitpunkt verließ, da die Auswanderungswelle bereits abgeflaut war), verdiente er sich seinen Lebensunterhalt als Tänzer und Musiker auf den Straßen von Holland (das er liebte), Deutschland und Italien. Er wohnte in Pensionen, in Stadtvierteln, wo die maghrebinischen, türkischen oder afrikanischen Immigranten leben, manche glückliche Zeit auch in den Wohnungen von Liebhabern, die er schließlich verließ oder die ihn verließen, und nach jedem Arbeitstag auf der Straße, nach ein paar Gläsern in einer Schwulenbar oder den Nonstopvorstellungen in den Kinematheken zog sich Lorenzo (oder Lorenza, wie er sich auch gern nennen ließ) in sein Zimmer zum Malen und Schreiben zurück. Über weite Strecken seines Lebens wohnte er allein. Einige sprachen von ihm als dem *einsiedlerischen Akrobaten.* Die Freunde fragten ihn, wie er sich nach dem Scheißen den Hintern abwischte, wie er im Obstladen bezahlte, wie er das Geld aufbewahrte, wie er kochte. Wie, zum Teufel, schaffte er es, allein zu leben. Lorenzo beantwortete jede Frage, und fast immer lautete die Antwort: *Erfindungsgabe.* Mit Erfindungsgabe brachte einer oder eine alles fertig. Wenn Blaise Cendrars beispielsweise mit nur einem Arm einen Kampf gegen den gewieftesten Boxer gewinnen konnte, wieso sollte er da nicht in der Lage sein, sich – und zwar sehr gut – den Hintern abzuwischen.

In Deutschland, einem merkwürdigen Land, das nicht selten Schüttelfrost verursacht, kaufte er sich ein Paar Prothesen. Sie sahen aus wie wirkliche Arme und gefielen ihm ungemein, weil sie ihn an Science-fiction und Roboter erinnerten und er sich, wann immer er mit den Prothesen unterwegs war, als Cyborg fühlte. Von weitem, etwa wenn er sich der Verabredung mit einem Freund in einem violetten Ambiente näherte, sah es aus, als habe er richtige Arme. Bei der Arbeit jedoch nahm er sie ab, und seinen Liebhabern, denen, die nicht wussten, dass es sich um Prothesen handelte, sagte er als allererstes, dass er keine Arme habe. Einigen gefiel er sogar besser so, ohne Arme.

Es war kurz vor den Olympischen Spielen in Barcelona, als ein Schauspieler oder eine Schauspielerin oder eine Schauspieltruppe aus Katalonien auf einer Tournee durch Deutschland Lorenzo auf der Straße, vielleicht auch in einem kleinen Theater, in Aktion sah und davon dem Funktionär berichtete, der beauftragt war, einen Darsteller für Petra zu finden, das von Mariscal geschaffene Maskottchen, oder richtiger gesagt, Wahrzeichen der direkt im Anschluss an die Olympiade stattfindenden Paralympics. Es heißt, Mariscal habe, als er ihn im Petra-Kostüm wie eine schizophrene Tänzerin des Bolschoitheaters herumtrippeln sah, ausgerufen: Das ist die Petra meiner Träume! (Er soll so lakonisch sein, heißt es.) Als sie sich anschließend unterhielten, bot ein völlig faszinierter Mariscal Lorenzo sein Atelier an, damit er nach Barcelona käme, um zu malen, zu schreiben oder sonstwas zu tun (er soll so großzügig sein, heißt es). In Wirklichkeit bedurfte es nicht des Ateliers von Mariscal, um Lorenzo oder Lorenza noch glücklicher zu machen, als er oder sie es während der Feier der Paralympics war. Vom ersten Tag an war er der Liebling der Presse, wurde mit Interviews überschüttet, und es sah so aus, als stellte Petra sogar Coby in den Schatten. Ich lag damals gerade mit einer angegriffenen Leber im Valle Hebrón-Krankenhaus und verfolgte seine Triumphe, seine Witze, seine Anekdoten in den zwei bis drei Zeitungen, die ich täglich las. Manchmal bekam ich bei der Lektüre seiner Interviews einen regelrechten Lachanfall. Andere Male brachte er mich zum Weinen. Ich sah ihn auch im Fernsehen. Er machte seine Sache sehr gut.

Drei Jahre später erfuhr ich, er sei an Aids gestorben. Derjenige, der mir das erzählte, wusste nicht, ob in Deutschland oder in Südamerika (er wusste nicht, dass er Chilene war).

Manchmal, wenn ich an Stein und Soto denke, muss ich unweigerlich auch an Lorenzo denken.

Manchmal glaube ich, dass Lorenzo ein besserer Dichter war als Stein und Soto. Aber meistens, wenn ich an sie denke, sehe ich sie alle drei zusammen.

Obwohl das Einzige, was sie verbindet, der Umstand ist, in Chile geboren worden zu sein. Und ein Buch, das Stein vielleicht und Soto mit Sicherheit kannte (er sprach davon in einem langen, in Mexiko veröffentlichten Artikel über Exil und Odyssee), und das auch Lorenzo gelesen hatte, enthusiastisch wie fast immer, wenn er etwas las. (Wie blätterte er die Seiten um? Wie wir es alle tun sollten, mit der Zunge!) Das Buch trägt den Titel *Meine Gestalttherapie* und stammt von Doktor Frederick Perls, einem aus Nazi-Deutschland geflohenen und durch drei Kontinente geirrten Psychologen. In Spanien wurde es meines Wissens nicht übersetzt.

6

Aber kehren wir zum Ausgangspunkt zurück, zu Carlos Wieder und ins Jahr der Gnade, 1974.

Zu jener Zeit schwamm Wieder auf der Woge des Erfolgs. Nach seinem Triumph in der Antarktis und am Himmel zahlloser chilenischer Städte bestürmte man ihn, er solle in der Hauptstadt etwas Aufsehenerregendes veranstalten, etwas Spektakuläres, womit der Welt demonstriert würde, dass das neue Regime und die Kunst der Avantgarde miteinander im allerbesten Einvernehmen stünden.

Wieder sagte mit Vergnügen zu. In Santiago quartierte er sich bei einem Offizierskollegen seines Jahrgangs im Stadtteil Providencia ein, und während er tagsüber auf dem Flugplatz Capitán Lindstrom trainierte und am gesellschaftlichen Leben in den Militärclubs teilnahm oder den Elternhäusern seiner Freunde Besuche abstattete, wo er ihre Schwestern, Kusinen und Freundinnen kennen lernte (oder sie ihm vorgestellt wurden, was immer etwas gezwungen wirkte), die hingerissen waren von seiner Erscheinung, seinem Benehmen und seiner offenkundigen Schüchternheit, aber auch von seiner kühlen Art, der Distanz, die aus seinen Augen sprach – oder, wie Pía Valle sagte: als ob er hinter seinen Augen ein weiteres Paar Augen besäße –, arbeitete er spätabends, wenn er endlich allein war, an einer Fotoausstellung, die er in eigener Regie an den Wänden seines Gästezimmers vorbereitete und deren Eröffnung mit dem Tag seiner luftpoetischen Darbietung zusammenfallen sollte.

Der Hausherr beteuerte noch Jahre später, er habe bis zuletzt keine der Fotografien zu sehen bekommen, die Wieder zu zeigen beabsichtigte. Seine erste Reaktion, als er von Wieders Plan erfuhr, bestand selbstverständlich darin, ihm das Wohnzimmer und die ganze Wohnung für die Ausstellung anzubieten, aber Wieder lehnte ab. Er argumentierte, die Fotos bräuchten einen begrenzten, klar umrissenen Rahmen, wie das Zimmer ihres Urhebers. Nach der Himmelsschrift, sagte er, wäre es angemessen – und außerdem herrlich paradox –, wenn sich der Epilog der Luftpoesie um das Nachtlager des Dichters konzentrierte. Die Art der Fotos wäre eine Überraschung, habe Wieder zu ihm, dem Hausherrn, gemeint und lediglich durchblicken lassen, es handele sich um visuelle, experimentelle Poesie, um die Quintessenz reiner Kunst, etwas, das allen gefallen werde. Auch musste er ihm versprechen, dass bis zum Abend der Eröffnung weder er noch sonst jemand sein Zimmer betreten werde. Der Hausherr sagte, er könne, wenn er ganz sichergehen wolle, in den Schränken nach dem Zimmerschlüssel suchen. Wieder erklärte, das sei nicht nötig, das Wort eines Offiziers würde ihm genügen. Feierlich gab ihm der Hausherr sein Ehrenwort.

Die Einladungen zu der Vernissage in Providencia waren natürlich auf wenige begrenzt: einige Piloten, einige junge Militärs (der älteste bekleidete gerade einmal den Rang eines Hauptmanns), die gebildet waren oder zumindest den begründeten Verdacht zuließen, es zu sein, ein Journalistentrio, zwei bildende Künstler, ein alter, rechtsgerichteter Dichter und ehemaliger Avant-gardist, der durch den Staatsstreich seinen jugendlichen Elan wiedergewonnen zu haben schien, sowie die eine oder andere feine junge Dame (so viel man weiß, erschien nur *eine* Frau zur Ausstellung, Tatiana von Beck Iraola) und der in Viña del Mar lebende, gesundheitlich angeschlagene Vater von Carlos Wieder.

Von Anfang an stand alles unter einem schlechten Stern. Der Tag der Luftschau dämmerte unter dichten schwarzen Wolken, die durch das Tal hinab nach Süden zogen. Einige Kommandeure rieten ihm von seinem Flug ab. Wieder ignorierte alle ungünstigen Prognosen, und es wird erzählt, er habe in einem dunklen Winkel des Hangars mit jemandem diskutiert. Dann startete er in den Himmel, und die Zuschauer beobachteten eher erwartungsvoll als bewundernd einige einleitende Kapriolen. Er vollführte einen Tiefflug, einen Looping, einen Rückenüberschlag. Aber alles ohne Rauch. Die Heeresangehörigen und ihre Frauen waren ganz angetan, einige hochrangige Luftwaffenoffiziere fragten sich jedoch, was da eigentlich vor sich ging. Dann gewann das Flugzeug an Höhe und verschwand im Bauch einer riesigen grauen Wolke, die sich langsam auf die Stadt zubewegte, so als würde sie den schwarzen Gewitterwolken den Weg weisen.

Wieder reiste im Innern der Wolke wie Jonas im Innern des Wals. Eine Weile lang erwarteten die Besucher der Flugschau, er würde dröhnend wieder auftauchen. Einige wenige reagierten verärgert, so als habe der Pilot sie absichtlich versetzt, und da saßen sie nun auf den improvisierten Tribünen des Flughafens Capitán Lindstrom und starrten in einen Himmel, der ihnen bloß Regen, aber keine Poesie zu bescheren versprach. Die meisten anderen aber nutzten das Intermezzo, um sich von ihren Plätzen zu erheben, die alten Knochen auszuschütteln, sich die Füße zu vertreten, Leute zu begrüßen, an Grüppchen heranzutreten, die sich in rascher Folge bildeten und wieder auflösten, sodass immer jemand mitten im Satz allein zurückblieb, in denen über die jüngsten Gerüchte diskutiert wurde, über Beförderungen und Ernennungen und die brennendsten Probleme, vor die sich das Land gestellt sah. Die Enthusiastischeren unter den Jüngeren kommentierten die neuesten Zerwürfnisse und Verlobungen. Selbst Wieders engste Freunde – statt schweigend das Wiederauftauchen des Flugzeugs abzuwarten oder auf hundert verschiedene Arten den ominösen leeren Himmel zu interpretieren – verwickelten sich in praktische Erwägungen über alltägliche Dinge, die nur sehr entfernt etwas mit chilenischer Dichtung, chilenischer Kunst zu tun hatten.

In großer Entfernung zum Flugplatz, irgendwo an der Peripherie von Santiago, kam Wieder erneut zum Vorschein. Dort schrieb er den ersten Vers: *Der Tod ist Freundschaft.* Dann überflog er Eisenbahnanlagen und etwas, das aussah wie verlassene Fabrikgebäude, obwohl er in den Straßen Leute erkennen konnte, die Kartons schleppten, Kinder, die an den Zäunen hochkletterten, Hunde. Fünfundvierzig Grad linker Hand erkannte er zwei riesige Elendssiedlungen, die durch die Eisenbahnlinie getrennt wurden. Er schrieb den zweiten Vers: *Der Tod ist Chile.* Dann drehte er im Neunziggradwinkel nach rechts und nahm Kurs auf die Innenstadt. Bald tauchten die Avenidas auf, das bleiche Gitterwerk der Schwerter und Schlangen, der majestätische Fluss, der

Zoologische Garten, die Gebäude – der armselige Stolz der Bewohner Santiagos. Die Luftansicht einer Stadt, hatte Wieder selbst einmal irgendwo geäußert, erinnert an ein zerrissenes Foto, dessen Teile, anders als man denkt, dazu neigen, auseinander zu fallen: zusammenhanglose Maske, bewegliche Maske. Über der Moneda, dem Präsidentenpalast, schrieb er den dritten Vers: *Der Tod ist Verantwortung*. Ein paar Fußgänger sahen ihn, ein dunkles Insekt, das sich gegen einen finster dräuenden Himmel abzeichnete. Die wenigsten entzifferten seine Worte; der Wind zerfetzte sie innerhalb weniger Augenblicke. Irgendwann versuchte sich jemand mit ihm über Funk in Verbindung zu setzen. Wieder gab keine Antwort. Schräg links voraus sah er am Horizont die Silhouetten zweier Hubschrauber, die auf ihn zuhielten. Er flog Kreise, bis sie herankamen, und ließ sie dann in Sekundenschnelle hinter sich. Auf dem Rückweg zum Flugplatz schrieb er den vierten und fünften Vers: *Der Tod ist Liebe* und *Der Tod ist Wachstum*. In Sichtweite des Rollfelds schrieb er: *Der Tod ist Kommunion,* aber niemand von den Generälen, den Frauen von Generälen, Kindern von Generälen, hohen Offizieren, militärischen Würdenträgern, Zivilisten, Vertretern der Kirche und des Kulturlebens konnte seine Worte lesen. Am Himmel braute sich ein Gewitter zusammen. Vom Kontrollturm aus beschwor ihn ein Oberst, so schnell wie möglich zu landen. Wieder antwortete *Verstanden!* und stieg wieder höher. Einen Moment lang glaubten die unten, er werde erneut im Innern einer Wolke verschwinden. Ein Hauptmann, der nicht auf der Ehrentribüne saß, machte die Bemerkung, in Chile würden alle poetischen Aktionen in einer Katastrophe enden. Bei den meisten handele es sich nur um individuelle oder familiäre Katastrophen, sagte er, manche liefen jedoch auf eine nationale Katastrophe hinaus. Am anderen Ende von Santiago, doch von den Tribünen des Flugplatzes Capitán Lindstrom aus bestens erkennbar, zuckte in diesem Moment der erste Blitz, und Wieder schrieb: *Der Tod ist Reinheit*, aber er schrieb es so undeutlich und die Wetterbedingungen waren so schlecht, dass kaum jemand von den Zuschauern, die sich schon von ihren Sitzen erhoben und die ersten Schirme aufspannten, das Geschriebene verstand. Am Himmel blieben nur schwarze Rauchfetzen zurück, Keilschriftzeichen, Hieroglyphen, Kinderkritzeleien. Die wenigen, die es dennoch entziffern konnten, dachten, Carlos Wieder habe den Verstand verloren. Der Regen setzte ein und mit ihm ein allgemeines Durcheinander. In einem der Hangars hatte man ein Büffett improvisiert, und zu diesem Zeitpunkt und angesichts eines solchen Platzregens hatten alle Hunger und Durst. In weniger als einer Viertelstunde waren sämtliche Häppchen aufgegessen. Die Kellner, Rekruten aus der Intendantur, liefen mit einer Geschwindigkeit und Beflissenheit hin und her, die den Neid etlicher Hausfrauen erregten. Unter den Offizieren wurden einige Bemerkungen über den seltsamen Dichter-Piloten laut, aber die Mehrheit der Geladenen beschäftigte sich in ihren Gesprächen mit Themen von nationaler oder sogar internationaler Tragweite.

Carlos Wieder setzte unterdessen am Himmel seinen Kampf mit den Elementen fort. Nur eine Handvoll Freunde und zwei Journalisten, die in ihrer Freizeit surrealistische oder – wie sie mit einem idiotischen Hispanismus zu sagen pflegten – *superrealistische* Gedichte schrieben, verfolgten von der regennassen Piste aus die Manöver des kleinen Flugzeugs inmitten des Gewitters, wobei sie ein Bild abgaben, das aus einem Zweiter-Weltkrieg-Film zu stammen schien. Wieder selbst hatte vermutlich nicht einmal bemerkt, wie sehr sein Publikum zusammengeschmolzen war.

Er schrieb oder meinte zu schreiben: *Der Tod ist mein Herz.* Und dann: *Nimm mein Herz.* Und dann seinen Namen: *Carlos Wieder,* ohne sich von Regen und Blitzen abschrecken zu lassen. Ohne sich vor allem von mangelnder Kohärenz abschrecken zu lassen.

Und dann ging ihm der Rauch zum Schreiben aus (schon seit einer Weile erinnerte der aus dem Rumpf austretende Rauch weniger an Schrift als an einen Schwelbrand, der mit dem Regen verschmolz); trotzdem schrieb er: *Der Tod ist Auferstehung;* und die Freunde, die unten ausharrten, verstanden nichts, verstanden nur so viel, dass Wieder dabei war, etwas zu schreiben, begriffen oder glaubten zu begreifen, was der Pilot beabsichtigte, und waren sich bewusst, dass sie, auch wenn sie nichts verstanden, einer einmaligen Aktion beiwohnten, einem bedeutenden Ereignis für die Kunst von morgen.

Anschließend landete Carlos Wieder ohne Schwierigkeiten (die, die ihn sahen, berichten, er habe geschwitzt, als sei er gerade aus der Sauna gekommen), ließ eine Strafpredigt des Towerkommandanten und einiger höherer Offiziere über sich ergehen, die immer noch zwischen den Resten des Büffets umherspazierten, und nachdem er im Stehen ein Bier getrunken hatte (er sprach mit niemandem, antwortete einsilbig auf die Fragen, die man ihm stellte), begab er sich zu der Wohnung in Providencia, um den zweiten Akt seines Galaauftritts in Santiago vorzubereiten.

Vielleicht hat sich all dies so zugetragen, vielleicht auch nicht. Möglich, dass die Generäle der chilenischen Luftwaffe ohne ihre Frauen kamen. Möglich auch, dass der Flugplatz Capitán Lindstrom nie Schauplatz einer luftpoetischen Vorstellung war. Vielleicht schrieb Wieder seine Gedichte in den Himmel über Santiago, ohne irgendjemanden um Erlaubnis zu fragen, ohne irgendjemanden zu benachrichtigen, obwohl das eher unwahrscheinlich ist. Vielleicht hat es an jenem Tag in Santiago gar nicht geregnet, obwohl es Zeugen gibt (Müßiggänger auf einer Parkbank, die nach oben schauten, einsame Fenstergucker), die sich noch an die Worte am Himmel und an den später einsetzenden, reinigenden Regen erinnern. Vielleicht aber hat sich alles auch ganz anders zugetragen. Halluzinationen waren 1974 nichts Ungewöhnliches.

Die Fotoausstellung in der Wohnung jedoch verlief genau so, wie sie im folgenden geschildert wird.

Die ersten Gäste erschienen gegen neun Uhr abends. Die meisten waren Freunde aus Jugendzeiten, die sich seit Ewigkeiten nicht gesehen hatten. Um elf Uhr waren etwa zwanzig leicht angetrunkene Personen versammelt. Bis jetzt hatte niemand das Gästezimmer betreten, das Wieder bewohnte und an dessen Wänden er die Fotos dem Urteil seiner Freunde aussetzen wollte. In einem Buch, das Leutnant Julio César Muñoz Cano viele Jahre später unter dem Titel *Der Kopf in der Schlinge* veröffentlichte – eine Art autobiographischer Erzählung und Selbstanklage hinsichtlich seines Verhaltens in den ersten Jahren des Putschistenregimes –, schreibt der Autor, Carlos Wieder habe sich normal verhalten (also vielleicht doch *anormal,* denn er war viel ruhiger als gewöhnlich, bescheiden sogar, mit einem Gesicht, das immer aussah wie gerade frischgewaschen): Er kümmerte sich um die Gäste, als gehörte die Wohnung ihm (die Kameradschaft war enorm, allzu gut, allzu ideal, schreibt Muñoz Cano), begrüßte herzlich die Kameraden aus seinem Offiziersjahrgang, die er lange nicht gesehen hatte, kommentierte bereitwillig die Ereignisse vom Vormittag auf dem Flugplatz, ohne ihnen oder sich selbst große Wichtigkeit beizumessen, und machte gute Miene zu den bei solchen Anlässen üblichen, manchmal groben, manchmal unverhohlen geschmacklosen Witzen. Ab und zu verschwand er, zog sich in sein Zimmer zurück (das bei der Gelegenheit dann doch abgeschlossen wurde), aber immer nur für kurze Zeit.

Punkt Mitternacht schließlich bat er, mitten im Wohnzimmer auf einem Stuhl stehend, um Ruhe und sagte (wortwörtlich, so Muñoz Cano), es sei nun an der Zeit, sich ein wenig mit neuer Kunst vollzusaugen. Wieder war jetzt wieder ganz der alte, dominant, selbstsicher, mit Augen, die nicht zum Körper zu gehören schienen, und einem Blick wie von einem anderen Stern. Dann bahnte er sich einen Weg zur Tür seines Zimmers und ließ seine Gäste einen nach dem anderen eintreten. Einer nach dem anderen, meine Herren, die chilenische Kunst verträgt kein Gedränge. Dabei schlug Wieder (so Muñoz Cano) einen scherzhaften Ton an und zwinkerte seinem Vater zu, erst mit dem linken, dann mit dem rechten Auge, als wäre er noch einmal zwölf Jahre alt und machte ihm ein geheimes

Zeichen. Der Vater antwortete seinem Sohn mit einem leutseligen Lächeln.

Die erste, die das Zimmer betrat, war logischerweise Tatiana von Beck Iraola, schließlich war sie die einzige Frau, und eine impulsive und launenhafte dazu. Tatiana, schreibt Muñoz Cano, war die Enkelin, Tochter und Schwester von Militärs und auf ihre reichlich verrückte Art eine emanzipierte Frau, die stets tat, was sie wollte, ausging, mit wem es ihr Spaß machte, und seltsame, oft widersprüchliche, nicht selten aber originelle Ansichten vertrat. Sie heiratete später einen Kinderarzt, und gemeinsam zogen sie nach La Serena und hatten sechs Kinder. Die Tatiana jener Nacht, erinnert sich Muñoz Cano mit einer von unterschwelligem Entsetzen gefärbten Traurigkeit, war eine schöne, selbstbewusste junge Frau, die das Zimmer in der Erwartung betrat, um heroische oder langweilige Fotos des chilenischen Himmels zu sehen.

Das Zimmer war auf die übliche Weise beleuchtet. Keine zusätzliche Lampe, kein besonderer Strahler, der die Ansicht der Fotos hervorgehoben hätte. Das Zimmer sollte nicht den Eindruck einer Galerie erwecken, sondern den eines Zimmers, einer geborgten, vorübergehenden Unterkunft eines jungen Mannes. Selbstverständlich gab es kein farbiges Licht, wie irgendjemand behauptet hat, auch keine Trommelmusik aus einem unter dem Bett versteckten Radiorecorder. Der Raum sollte zufällig, normal und unspektakulär wirken.

Draußen ging das Fest weiter. Die jungen Leute tranken wie junge Leute und wie Sieger, außerdem mit der Trinkfestigkeit von Chilenen. Das Lachen war ansteckend, erinnert sich Muñoz Cano, und hatte nichts

Bedrohliches, nichts Düsteres. In irgendeiner Ecke begann ein Trio Arm in Arm zu singen, während einer von ihnen es auf der Gitarre begleitete. An die Wände gelehnt, zu zweit oder zu dritt, sprach man über die Zukunft oder über die Liebe. Alle waren zufrieden, dort zu sein, auf dem Fest des Dichter-Piloten; zufrieden mit sich und zufrieden, Freunde von Carlos Wieder zu sein, obwohl sie ihn nicht im mindesten verstanden, obwohl sie den Unterschied fühlten, der zwischen ihm und ihnen bestand. Die Schlange im Flur löste sich ständig auf; einigen ging der Alkohol aus, und sie zogen los, um Nachschub zu holen, andere versicherten einander ewige Treue und Freundschaft, wodurch sie wie auf einer gönnerhaften Woge erneut ins Wohnzimmer gespült wurden, aus dem sie seekrank und mit geröteten Wangen zurückkehrten, um erneut ihren Platz in der Schlange einzunehmen. Der Zigarettenqualm war beträchtlich, vor allem im Flur. Wieder blieb im Türrahmen stehen. Zwei Leutnants führten einen von spielerischem Handgemenge untermalten Wortwechsel in der Toilette am Ende des Flurs. Wieders Vater war einer der wenigen, die ruhig und ernst in der Schlange warteten. Von sich selbst sagt Muñoz Cano, er sei nervös und voll böser Vorahnungen auf und ab gelaufen. Die beiden surrealistischen (oder superrealistischen) Journalisten konversierten mit dem Hausherrn. Während seines Auf und Ab gelang es Muñoz Cano, einige ihrer Worte aufzuschnappen: Sie sprachen von Reisen, vom Mittelmeer, von Miami, heißen Stränden, Fischerstiefeln und üppigen Frauen.

Nach nicht einmal einer Minute trat Tatiana von Beck wieder aus dem Zimmer. Sie wirkte bleich und verstört.

Alle Augen waren auf sie gerichtet. Sie blickte Wieder an, als wollte sie ihm etwas sagen, fände aber nicht die Worte; stattdessen versuchte sie, das Bad zu erreichen, was ihr nicht gelang. Noch im Flur übergab sie sich und verließ dann taumelnd die Wohnung, gestützt auf einen Offizier, der sich ritterlich angeboten hatte, sie nach Hause zu begleiten, obwohl die von Beck protestierte, sie wolle lieber allein gehen.

Als Nächster betrat ein Hauptmann das Zimmer, der auf der Akademie Wieders Lehrer gewesen war. Er kam nicht wieder heraus. Wieder stand neben der geschlossenen Tür (er hatte sie hinter dem Hauptmann zugemacht, der sie beim Eintreten angelehnt gelassen hatte) und lächelte mit wachsender Befriedigung. Was wohl in die Tatiana gefahren sei, wurde im Wohnzimmer gerätselt. Na was schon, betrunken, sagte eine Stimme, die Muñoz Cano nicht zuordnen konnte. Jemand legte Pink Floyd auf. Männer können doch wohl nicht mit Männern tanzen, bemerkte einer, das wird ja ein richtiger Tuntentreff. Pink Floyd ist Musik zum Zuhören, nicht zum Tanzen, erwiderten andere. Die surrealistischen Journalisten tuschelten miteinander. Ein Leutnant schlug vor, auf der Stelle in den Puff zu gehen. Muñoz Cano schreibt, er habe in jenem Moment den Eindruck gehabt, als befänden sie sich alle schutzlos in dunkler Nacht auf freiem Feld, zumindest hätten die Stimmen so geklungen. Im Flur herrschte eine noch schlimmere Atmosphäre. Fast niemand sprach, es war wie im Warteraum eines Zahnarztes. Aber hat man schon von einer Zahnarztpraxis gehört, in der die faulen *Zähne (sic!)* Schlange stehen? fragt sich Muñoz Cano.

Es war der Vater von Wieder, der den Bann brach. Höflich bahnte er sich einen Weg durch die Wartenden, wobei er die vor ihm stehenden Offiziere mit Vornamen anredete, und trat in das Zimmer, gefolgt vom Hausherrn, der fast augenblicklich wieder herauskam und dicht an Wieder herantrat; er hatte ihn am Revers gepackt, und einen Moment lang sah es so aus, als würde er ihn schlagen, dann wandte er ihm den Rücken zu und verzog sich auf der Suche nach etwas Trinkbarem ins Wohnzimmer. Jetzt wollten alle, einschließlich Muñoz Cano, ins Schlafzimmer gelassen werden. Dort trafen sie den Hauptmann, der rauchend auf dem Bett saß und irgendwelche maschinegeschriebenen Notizen las, die er zuvor von der Wand gerissen hatte. Er wirkte ganz ruhig, wenngleich die Zigarettenasche auf eins seiner Beine rieselte. Der Vater von Wieder betrachtete einige der hundert Fotografien, die die Wände und einen Teil der Zimmerdecke zierten. Ein Kadett, dessen Anwesenheit sich niemand so recht erklären konnte, vielleicht der jüngere Bruder eines der Offiziere, brach fluchend in Tränen aus und musste gewaltsam herausgezerrt werden. Die surrealistischen Journalisten wirkten sichtlich angewidert, bewahrten aber die Fassung. Muñoz Cano schreibt, er habe auf einigen Abzügen die Schwestern Garmendia und andere Verschwundene erkannt. Die meisten waren Frauen. Die Szenerie auf den Fotos änderte sich von einem zum anderen kaum, was darauf schließen lässt, dass der Ort immer der gleiche war. Die Frauen wirken wie Schaufensterpuppen, einige von ihnen zerstückelt, mit abgetrennten Gliedmaßen, obwohl Muñoz Cano nicht ausschließt, dass sie in rund dreißig Prozent der Fälle noch am Leben waren, als die

Aufnahme entstand. Insgesamt sind die Fotos (Muñoz Cano zufolge) von schlechter Qualität, wenngleich der Eindruck, den sie beim Betrachter hervorrufen, nicht lebhafter sein könnte. Die Anordnung der ausgestellten Bilder ist nicht zufällig: Sie folgt einer Linie, einer Argumentation, einer Geschichte (geistig, chronologisch ...), einem Plan. Die Fotos an der Zimmerdecke (schreibt Muñoz Cano) ähneln der Hölle, aber einer leeren Hölle, die (mit Reißzwecken) in den vier Ecken befestigten einer Epiphanie. Einer Epiphanie des Wahnsinns. Auf anderen Gruppen von Fotos überwiegt ein mehr elegischer Tenor (aber wie kann es auf diesen Fotos so etwas wie Nostalgie und Melancholie geben? fragt sich Muñoz Cano). Symbolhaftes war selten, aber aufschlussreich: die Fotografie des Einbands eines Buchs von Joseph de Maistre: *Abendstunden zu St. Petersburg, oder Gespräche über das Walten der göttlichen Vorsicht in zeitlichen Dingen.* Die Fotografie des Fotos einer jungen blonden Frau, die sich in Luft aufzulösen scheint. Das Foto eines abgeschnittenen Fingers, achtlos auf den grauen, porösen Zementboden geworfen.

Nach dem anfänglichen Tumult herrschte plötzlich allgemeines Schweigen. Es kam mir so vor, als wäre ein Stromschlag durch das ganze Haus gefahren und hätte uns verändert zurückgelassen, schreibt Muñoz Cano in einer der wenigen luziden Passagen seines Buchs. Wir schauten uns an und erkannten uns, doch in Wirklichkeit war es so, als würden wir uns nicht wiedererkennen, als wären wir dieselben und doch nicht dieselben, unser Anblick war uns zuwider, unsere Gesten waren die von Schlafwandlern oder Idioten. Während einige grußlos fortgingen, breitete sich unter denen, die sich entschlossen hatten zu bleiben, ein seltsames Gefühl der Verbrüderung in der Wohnung aus. Als kuriose Fußnote erwähnt Muñoz Cano, dass in diesem ausgesprochen heiklen Moment das Telefon klingelte. Da der Hausherr sich nicht rührte, habe er abgenommen. Eine greisenhafte Stimme fragte nach einem gewissen Lucho Álvarez. Hallo? Hallo? Ist Lucho Álvarez zu sprechen? Muñoz Cano reichte den Hörer wortlos an den Hausherrn weiter. Kennt hier jemand einen Lucho Álvarez? fragte der nach einer viel zu langen Pause. Wahrscheinlich sprach der Alte von anderen Dingen, mutmaßte Muñoz Cano, stellte andere Fragen, vielleicht in Zusammenhang mit Lucho Álvarez. Niemand kannte ihn. Einige lachten; es war ein nervöses, übertrieben lautes Lachen. Hier wohnt niemand, der so heißt, sagte der Hausherr, nachdem er erneut eine Weile schweigend zugehört hatte, und legte auf.

In dem Zimmer mit den Fotos war jetzt außer Wieder und dem Hauptmann niemand mehr, und in der Wohnung selbst befanden sich, Muñoz Cano zufolge, noch höchstens acht Personen, darunter der Vater von Wieder, der nicht sonderlich berührt schien (er benahm sich wie jemand, der – möglicherweise unfreiwillig – an einer Kadettenfeier teilnimmt, die aus Gründen, die ihm unverständlich blieben oder ihn nichts angingen, schiefgelaufen war). Der Hausherr, der ihn seit seiner Jugend kannte, war bemüht, seinem Blick auszuweichen. Die übrigen Überlebenden der Feier sprachen oder flüsterten miteinander, verstummten jedoch, sobald er sich näherte. Ein ungemütliches Schweigen, das Wieders Vater zu überspielen versuchte, indem er Drinks, warme Getränke und Sandwiches anbot, die er seelenruhig und allein in der Küche zubereitete. Machen Sie sich keine Sorgen, Don José, sagte einer der Offiziere mit gesenktem Blick. Ich mache mir keine Sorgen, mein lieber Javier, sagte Wieders Vater. Das ist doch bloß ein unbedeutender Ausrutscher in Carlos' Karriere, meinte ein anderer. Wieders Vater sah ihn an, als verstünde er nicht, wovon die Rede war. Er war nachsichtig uns gegenüber, erinnert sich Muñoz Cano, er stand am Rande des Abgrunds und wusste es nicht oder es war ihm egal, oder er verstand es wie kein zweiter, sich nichts anmerken zu lassen.

Dann trat Wieder aus dem Zimmer heraus und sprach in der Küche mit seinem Vater, ohne dass ihnen jemand zuhörte. Aber nicht länger als fünf Minuten. Als sie die Küche wieder verließen, hatten beide ein Glas Alkohol in der Hand. Auch der Hauptmann kam sich einen Drink holen und zog sich dann erneut in das Zimmer mit den Fotografien zurück, mit dem Hinweis, dass es von niemandem mehr betreten werden dürfe. Ein Leutnant erstellte auf Geheiß des Hauptmanns eine Liste mit den Namen aller Personen, die auf dem Fest zugegen gewesen waren. Jemand erinnerte an einen Eid, ein anderer fing an, von Diskretion und Ehre zu schwadronieren. Kavaliersehre! sagte einer, der bis jetzt geschlafen zu haben schien. Wieder ein anderer protestierte beleidigt, wenn man jemandem misstrauen müsste, dann nicht den Soldaten, sondern den Zivilisten, womit er auf die beiden surrealistischen Reporter anspielte. Diese Herren wissen, was sich gebührt, antwortete der Hauptmann. Die Surrealisten beeilten sich, ihm beizupflichten, und bekräftigten, es sei hier ja im Grunde überhaupt nichts vorgefallen, unter Ehrenmännern, ist doch klar. Daraufhin kochte irgendjemand Kaffee, und eine ganze Weile später, allerdings noch lange vor Tagesanbruch, erschienen drei Militärs und ein Zivilist in der Wohnung in Providencia, die sich als Angehörige des Geheimdienstes zu erkennen gaben. Die Anwesenden ließen sie in dem Glauben herein, dass sie Wieder verhaften würden. Anfangs reagierte man auf das Eintreffen des Geheimdienstes mit Respekt und einer gewissen Angst (vor allem seitens der Journalisten), aber als die Minuten verstrichen, ohne dass etwas geschah, und angesichts des beharrlichen Schweigens der Neuankömmlinge, die mit Leib und Seele ihre Arbeit taten, schenkten ihnen die übrig gebliebenen Festteilnehmer bald nicht mehr Aufmerksamkeit als einem zu unpassender Stunde angerückten Putzkommando. Für eine Weile, die allen übertrieben lang vorkam, schlossen sich der Hauptmann und die Männer vom Geheimdienst mit Wieder im Zimmer ein (einer von seinen Freunden wollte hereingelassen werden, um ihm »moralischen Beistand zu leisten«, aber der in Zivil sagte zu ihm, er solle nicht den Idioten spielen und sie in Ruhe ihre Arbeit machen lassen). Durch die geschlossene Tür hörten sie es fluchen, hörten mehrmals hintereinander das Wort hirnverbrannt und dann nur noch Schweigen. Kurze Zeit später verschwanden die Geheimdienstleute so sang- und klanglos, wie sie gekommen waren, mit den Bildern der Ausstellung in drei Schuhkartons, die ihnen der Hausherr zur Verfügung gestellt hatte. Das wär's, meine Herren, sagte der Hauptmann, bevor er sich ihnen anschloss, Sie gehen jetzt am besten schlafen und vergessen die ganze Sache. Zwei der Leutnants nahmen Haltung an, die übrigen waren zu müde, um noch irgendwelche Vorschriften oder Rituale zu befolgen, und wünschten ihm nicht einmal eine gute Nacht (oder guten Morgen, denn inzwischen dämmerte es). Genau in dem Augenblick, da der Hauptmann die Tür krachend hinter sich zuschlug – eine humoristische Einlage, die von niemandem gewürdigt wurde –, kam Wieder aus dem Zimmer und ging, ohne jemanden anzuschauen, quer durch den Raum zum Fenster. Er zog die Gardinen auf (draußen war es noch dunkel, nur am Horizont über den Kordilleren erschien bereits ein erster schwacher Lichtstreif) und zündete sich eine Zigarette an. Carlos, was ist passiert? fragte Wieders Vater. Er bekam keine Antwort. Einen Moment lang schien es, als ob niemand etwas sagen würde (als ob alle sofort einschlafen würden, ohne den Blick von Wieder abwenden zu können). Das Wohnzimmer, erinnert sich Muñoz Cano, hatte etwas vom Wartesaal eines Krankenhauses. Stehst du unter Arrest? fragte schließlich der Hausherr. Vermutlich ja, sagte Wieder, der den anderen den Rücken zuwandte und die Lichter von Santiago betrachtete, die spärlichen Lichter von Santiago. Sein Vater näherte sich ihm mit unerträglicher Langsamkeit, als traute er sich nicht zu tun, was er tun wollte; schließlich umarmte er ihn. Eine kurze Umarmung, auf die Wieder nicht einging. Die Leute sind etwas aus dem Häuschen, sagte einer der surrealistischen Reporter. Schnauze, sagte der Hausherr. Und was machen wir jetzt? fragte ein Leutnant. Unseren Rausch ausschlafen, sagte der Hausherr.

Muñoz Cano sah Wieder nie mehr. Sein letzter Eindruck von ihm jedoch bleibt unauslöschlich: ein großes, unordentliches Wohnzimmer, überall Flaschen, Teller, volle Aschenbecher, dazwischen ein paar bleiche, übernächtigte Gestalten, und am Fenster Carlos Wieder, in tadelloser Haltung, ein Glas Whisky in der sicherlich nicht zitternden Hand, versunken in die Betrachtung der nächtlichen Landschaft.

7

Von diesem Abend an werden die Nachrichten über Carlos Wieder verworren, bisweilen widersprüchlich, seine Gestalt hüllt sich in Nebel, irrlichtert durch das große Palimpsest der chilenischen Literatur, und man munkelt, er sei aus der Luftwaffe entlassen worden, im Zuge einer nächtlichen Geheimverhandlung, zu der er in Galauniform erschien, obwohl seine Freunde es vorzogen, ihn sich mit schwarzem Kosakenmantel, Monokel und langer, elfenbeinerner Zigarettenspitze vorzustellen. Die größten Wirrköpfe seiner Generation wollen ihn in Santiago, Valparaíso und Concepción gesehen haben, in Ausübung verschiedenster Berufe und als Teilnehmer an merkwürdigen künstlerischen Unternehmungen. Er wechselt seinen Namen. Man bringt ihn mit einer Reihe kurzlebiger Literaturzeitschriften in Verbindung, in denen er Entwürfe für Happenings veröffentlicht, die er nie, oder schlimmer noch, die er heimlich ausführt. In einer Theaterzeitung erscheint ein kurzer Einakter von einem gewissen Octavio Pacheco, von dem noch nie jemand etwas gehört hat. Das Stück ist in höchstem Grade einzigartig: Es spielt in einer von siamesischen Zwillingen bewohnten Welt, in der sich die Kinder mit Sadismus und Masochismus die Zeit vertreiben. Nur der Tod wird bestraft in dieser Welt, und über ihn – über das Nicht-Sein, das Nichts, das Leben nach dem Leben – unterhalten sich die Geschwister im Verlauf des Stücks. Jeder von ihnen quält seinen Zwilling eine Zeit lang (eine Runde, wie der Autor schreibt), danach schlüpft der Gequälte in die Rolle des Quälers und umgekehrt. Aber bevor das geschieht, muss man »bis zum Äußersten gehen«. Wie man sich leicht denken kann, führt das Stück dem Leser jede nur erdenkliche Grausamkeit vor Augen. Die Handlung spielt in der Wohnung der siamesischen Zwillinge und auf dem Parkplatz eines Supermarkts, wo sie anderen Pärchen begegnen, die alle eine bunte Palette an Narben und Wunden zur Schau tragen. Das Stück endet nicht, wie man erwarten könnte, mit dem Tod eines Zwillings, sondern mit einer erneuten Quälrunde. Seine These ist womöglich allzu simpel: Nur der Schmerz bindet das Leben, nur der Schmerz vermag es zu *offenbaren.* In einer Hochschulzeitung erscheint ein Gedicht mit dem Titel »Der Null-Mund«; dem Gedicht, allem Anschein nach eine kreolische Chlebnikow-Imitation, sind drei Zeichnungen des Autors beigefügt, die den »Null-Mund-Moment« illustrieren (also den Vorgang, mit dem offenen Mund eine möglichst perfekte Null oder ein O zu bilden). Es trägt ebenfalls die Unterschrift Octavio Pachecos; zufällig jedoch entdeckt Bibiano O'Ryan in den Archiven der Nationalbibliothek ein Autorenfach und darin Wieders gesammelte Luftpoesie, die Theaterstücke von Pacheco sowie Texte, die seinerzeit unter drei oder vier verschiedenen Namen in Zeitschriften mit sehr kleinen Auflagen erschienen, einige davon unbedeutend und mit geringem Aufwand produziert, andere luxuriös, auf hervorragendem Papier, mit einer Fülle von Fotos (darunter eine Reproduktion fast der gesamten Luftpoesie von Wieder, mit einer Datierung jeder Aktion) und einem ansehnlichen Layout. Die Zeitschriften stammen aus verschiedenen Ländern: Argentinien, Uruguay, Brasilien, Mexiko, Kolumbien, Chile. Die Namen sind weniger programmatisch als strategisch zu verstehen: *Hibernia, Rotwelsch, Sturm, Das Vierte Argentinische Reich, Eisernes Kreuz, Schluss mit Übertreibungen!* (Fanzine aus Buenos Aires), *Diphtonge und Synalöphen, Odin, Des Sängers Fluch** (Zeitschrift mit etwa achtzig Prozent deutschsprachigen Mitarbeitern; in der vierten Nummer, 2. Trimester 1975, erscheint ein »politisch-künstlerisches« Interview mit einem chilenischen Science-fiction-Autor, einem gewissen K. W., der dort Teile der Handlung seines nächsten und zugleich ersten Romans verrät), *Selektive Attacken, Die Bruderschaft, Schäferlyrik – Großstadtlyrik* (aus Kolumbien, die einzige einigermaßen interessante Zeitschrift: wilde, destruktive Gedichte von motorradfahrenden Halbstarken aus der Mittelschicht, die mit den Emblemen der SS spielen, mit Drogen, mit Verbrechen sowie mit der Metrik und dem Inventar einer gewissen Beat-Poetry), *Strände des Mars, Das Weiße Heer, Don Perico …* Bibiano ist völlig verblüfft: Er stößt auf mindestens sieben chilenische Zeitschriften, alle aus der Zeit zwischen 1973 und 1980, von deren Existenz er, der glaubte, über alles auf dem Laufenden zu sein, was in der Literaturszene vor sich ging, keine Ahnung gehabt hatte. In einer von ihnen, *Fleischgewordene Sonnenblumen,* Nummer 1, April 1979, spricht Wieder alias Masanobu (ein Pseudonym, das nicht, wie man meinen könnte, an einen Samurai-Krieger, sondern an den japanischen Maler Okumura Masanobu, 1686–1764, gemahnt) über den Humor, die Bedeutung

---

* Im Original deutsch

des Albernen, über die blutigen und unblutigen Witze der Literatur, allesamt abscheulich, über das private und öffentliche Groteske, über das Lächerliche sowie über die unnütze Giganterie, und er kommt zu dem Schluss, dass sich niemand, absolut niemand zum Richter über jene niedere Literatur aufschwingen dürfe, die aus der Verhöhnung entsteht, sich in der Verhöhnung entfaltet und in der Verhöhnung endet. Alle Schriftsteller sind grotesk, schreibt Wieder. Alle Schriftsteller sind erbärmlich, auch die, welche im Schoße wohlhabender Familien geboren werden, auch die, welche den Nobelpreis erhalten. Außerdem stößt Bibiano auf ein schmales Oktavbändchen mit braunem Einband und dem Titel *Interview mit Juan Sauer.* Das Buch trägt das Signet des Verlags Das Vierte Argentinische Reich, Verlagsanschrift und Veröffentlichungsjahr fehlen. Ihm wird schnell klar, dass sich hinter Juan Sauer, der in dem Interview auf Fragen zu Fotografie und Dichtung antwortet, Carlos Wieder verbirgt. In den weitschweifigen Monologen seiner Antworten skizziert er seine Kunsttheorie, die Bibiano zufolge enttäuschend ausfällt, so als hätte Wieder einige dunkle Stunden erlebt und würde sich nach einer Normalität sehnen, die er nie gehabt hat, nach dem Rang eines Dichters, »protegiert vom Staat, der auf diese Weise die Kultur protegiert«. Zum Kotzen, sodass man denen glauben möchte, die behaupten, sie hätten Wieder in Valparaíso Schuhe und Krawatten verkaufen sehen.

Übertrieben vorsichtig besucht Bibiano eine Zeit lang so oft er kann jenes vergessene Fach in der Bibliothek. Er bemerkt bald schon, dass das Fach neuen (wenngleich oft enttäuschenden) Zuwachs bekommt. Einige

Tage lang wähnt sich Bibiano im Besitz eines Mittels, den menschenscheuen Wieder zu finden, aber (wie er mir in einem Brief anvertraut) er hat Angst, und seine Schritte sind so zaghaft und bedächtig, dass man leicht meinen könnte, er würde sich gar nicht bewegen. Er möchte Wieder unbedingt treffen, ihn unbedingt sehen, möchte aber unter keinen Umständen von ihm gesehen werden, und sein furchtbarster Alptraum ist, dass Wieder eines Nachts *ihn* finden könnte. Schließlich überwindet Bibiano seine Ängste und postiert sich nun jeden Tag in der Bibliothek. Wieder lässt sich nicht blicken. Bibiano beschließt, einen alten Angestellten zu Rate zu ziehen, dessen Hauptbeschäftigung darin besteht, sich über Leben und Wirken aller veröffentlichten sowie unveröffentlichten chilenischen Schriftsteller auf dem Laufenden zu halten. Dieser verrät Bibiano, dass es vermutlich Wieders Vater ist, ein Rentner aus Viña del Mar, der in unregelmäßigen Abständen das Archiv seines Sohns mit den Arbeiten auffüllt, die dieser ihm sämtlich zuschickt. Ein erhellender Hinweis, der Bibiano veranlasst, noch einmal Wieders Papiere zu durchforsten. Er kommt zu dem Schluss, dass einige der Autoren, die er anfangs für Heteronyme von Wieder gehalten hatte, keineswegs mit ihm identisch sind; es handelt sich um Namen existierender Schriftsteller oder um Heteronyme, die nichts mit Wieder zu tun haben, sodass entweder letzterer seinen Vater mit Produktionen täuschte, die nicht von ihm stammen, oder aber dass sein Vater selbst sich bezüglich des Werks eines anderen getäuscht hat. Bibiano erscheint die (wie er einräumt) provisorische, einigermaßen gesicherte Schlussfolgerung düster und unheimlich, und aus Sorge um sein emotionales Gleichgewicht sowie seine körperliche Unversehrtheit bemüht er sich in Zukunft, Wieders Karriere aus gebührender Entfernung zu verfolgen, ohne es noch einmal auf eine persönliche Begegnung ankommen zu lassen.

Dazu hat er reichlich Gelegenheit. Die Legende von Wieder wächst in einigen literarischen Zirkeln wie Seifenschaum. Es heißt, er sei zum Rosenkreuzer geworden, eine Gruppe von Joseph Péladan-Anhängern habe versucht, mit ihm in Kontakt zu treten, und eine bestimmte Lesart einiger Passagen von *Amphithéatre des sciences mortes* würde sein Auftauchen »in der Kunst und Politik eines Landes im Fernen Süden« andeuten oder ankündigen. Es heißt, er lebe zurückgezogen auf dem Landgut einer Frau, die älter sei als er, und widme sich der Lektüre und der Fotografie. Es heißt, er erscheine von Zeit zu Zeit (unangekündigt) im Salon von Rebeca Vivat Vivanco, besser bekannt als Madame VV, einer ultrarechten Malerin (Pinochet und die Militärs sind in ihren Augen Schlappschwänze, die die Republik eines Tages noch den Christdemokraten in die Hände spielen werden), Initiatorin von gemeinsamen Künstler- und Soldatenkommunen in der Provinz Aysén, Verprasserin eines der ältesten chilenischen Familienvermögen und schließlich, bis Mitte der achtziger Jahre, Insassin eines Irrenhauses (besonders bemerkenswert unter ihren bizarren Werken sind der Entwurf der neuen Heeresuniformen und die Komposition eines vertonten Gedichts von zwanzig Minuten Länge, das die fünfzehnjährigen Jugendlichen bei einer rituellen Initiation ins Erwachsenenleben anstimmen müssen, die, so erläutert Madame VV, entsprechend dem Zeitpunkt ihrer Geburt, der Stellung der Planeten etc. in den Wüstengegenden des Nordens, den Gletschern der Kordilleren oder den dunklen Wäldern des Südens vollzogen werden soll. Gegen Ende des Jahres 1977 erscheint ein Strategiespiel, das den Pazifischen Krieg zum Thema hat und dem trotz einer mehr als diskreten Werbekampagne ein mittelmäßiger Erfolg auf dem aufstrebenden Inlandsmarkt beschieden ist. Sein Autor ist nach Meinung von Kennern (und Bibiano O'Ryan widerspricht ihnen nicht) Carlos Wieder. Das *wargame,* das im Zweiwochenrhythmus den gesamten Verlauf des sogenannten Salpeterkrieges nachvollzieht, in dem sich zwischen 1879 und 1883 Chile und die peruanisch-bolivianische Allianz gegenüberstanden, wird der Öffentlichkeit als Spiel angepriesen, das unterhaltsamer sei als Monopoli, obschon seine Besitzer bald merken, dass sie es mit einem Spiel zu tun haben, das zwei oder drei verschiedene Lesarten zulässt. Die erste ist die eines klassischen, aber komplizierten *wargame* mit einer Unmenge von Spielfeldern. Die zweite versetzt auf magische Weise in die Persönlichkeit und den Charakter der kriegführenden Befehlshaber: Es wird beispielsweise die (von Fotos aus der Zeit begleitete) Frage gestellt, ob Arturo Prat nicht Jesus Christus verkörpern könnte (und das gezeigte Foto von Prat beweist in der Tat große Ähnlichkeit mit einigen Christusdarstellungen), und dann die Frage, ob Prat-Christus ein *Zufall,* ein *Symbol* oder eine *Prophezeiung* war. (Weiter wird nach der *wirklichen* Bedeutung gefragt, die das Entern der »Huáscar« hatte, nach der *wirklichen* Bedeutung des Namens von Prats Schiff, der »Esmeralda«, nach der *wirklichen* Bedeutung der Tatsache, dass die beiden Kontrahenten, der Chilene Prat und der Peruaner Grau, in Wirklichkeit Katalanen waren.) Die dritte Lesart bezieht sich auf das gemeine Volk, das die Reihen des siegreichen chilenischen Heeres verstärkte, welches ungeschlagen bis Lima vordringen sollte, sowie auf die bei einer Geheimversammlung in einer kleinen, unterirdischen Kirche aus der Kolonialzeit *in Lima* vollzogene Gründung dessen, was verschiedene Autoren mit mehr oder weniger Fortune, aber mit ein und demselben Sinn fürs Lächerliche die Chilenische Rasse zu nennen beliebten. Für den Autor des Spiels (wahrscheinlich Wieder) *gründet sich* die chilenische Rasse in einer pechschwarzen Nacht des Jahres 1882, als Patricio Lynch Oberbefehlshaber der Besatzungsarmee war. Auch von Lynch sind Fotos vorhanden, nebst einer ganzen Litanei von Fragen, die von der Bedeutung seines Namens bis hin zu den heimlichen Gründen für einige seiner Feldzüge vor und nach seiner Zeit als Oberbefehlshaber reichen (»Warum vergötterten die Chinos Patricio Lynch?«). Das Spiel, von dem man nicht weiß, wie es die Zensur passieren und auf den Markt gelangen konnte, hatte mit Sicherheit nicht den erhofften Erfolg und ruinierte die Inhaber des Verlags, die Konkurs anmelden mussten, obwohl sie schon zwei weitere Spiele desselben Autors angekündigt hatten, von denen das eine auf dem Kampf gegen die Araukaner basierte, während das andere, das kein *wargame* war, in einer Stadt spielte, die eine vage Ähnlichkeit mit Santiago aufwies, aber genausogut Buenos Aires hätte sein können (auf alle Fälle ein Mega-Santiago oder ein Mega-Buenos Aires), ein Detektivspiel, in dem jedoch die spirituellen Elemente nicht fehlten, eine Art *Flucht aus Colditz* der Seele und des Mysteriums der menschlichen Natur.

Diese beiden Spiele, die nie veröffentlicht wurden,

ließen Bibiano eine Zeit lang keine Ruhe. Bevor er seine Briefe an mich einstellte, schrieb er mir, dass er bei der größten Ludothek in den USA nachgefragt habe, ob die Spiele dort auf den Markt gekommen seien. Postwendend erhielt er einen dreißigseitigen Katalog mit allen in den USA veröffentlichten Kriegsspielen der letzten fünf Jahre. Ohne Ergebnis. Über das Detektivspiel in einem Mega-Santiago, das einer breiteren und zugleich unschärferen Kategorie angehört, ließ man ihm gegenüber kein Wort verlauten.

Bibianos Nachforschungen in den USA beschränkten sich indes nicht auf den Bereich der Spiele. Ich erfuhr von einem Freund (obwohl ich nicht weiß, ob die Geschichte stimmt), dass Bibiano mit einem Sammler von literarischen Raritäten (um es einmal so zu nennen) der Philip K. Dick Society in Glen Ellen, Kalifornien, in Kontakt getreten war. Offenbar hatte Bibiano seinem Briefpartner, einem auf »geheime Botschaften in Literatur, Malerei, Theater und Kino« spezialisierten Typ, die Geschichte von Carlos Wieder erzählt, und der Nordamerikaner meinte, dass ein derart schräger Vogel früher oder später in den USA aufkreuzen musste. Der Typ hieß Graham Greenwood und glaubte, wie es für Nordamerikaner nun mal typisch ist, felsenfest und fanatisch an die Existenz des Bösen, des absolut Bösen. In seiner selbstgestrickten Theologie war die Hölle eine Verschachtelung oder Verkettung von Zufällen. Serienmorde erklärte er als eine »Explosion des Zufalls«. Den Tod Unschuldiger (all das, was unsere Vernunft sich zu akzeptieren weigert) erklärte er als die Sprache dieser entfesselten Zufälligkeit. Die Wohnstatt des Teufels sei das Glück, sagte er, Fortuna. Er propagierte seine Vision des Verbrechens in regionalen Fernsehprogrammen und kleinen Radiosendern an der Westküste, in New Mexico, Arizona oder Texas. Für den Kampf gegen das Böse empfahl er, das Lesevermögen zu trainieren, ein Lesen, das Zahlen, Farben, Spuren, die Konstellationen winzigster Gegenstände, die nächtlichen oder frühmorgendlichen Fernsehprogramme und längst vergessene Filme einbezöge. Trotzdem glaubte er nicht an Vergeltung: Er war gegen die Todesstrafe und für eine radikale Gefängnisreform. Er trug immer eine Waffe bei sich und verteidigte das Recht der Bürger, Waffen zu tragen, als einziges Mittel, um einer *Faschistisierung* des Staats vorzubeugen. Den Kampf gegen das Böse grenzte er nicht auf den Bereich des Planeten Erde ein, der in seiner Kosmologie zuweilen einer Strafkolonie ähnelte: An einigen Orten außerhalb der Erde, sagte er, gibt es befreite Zonen, in die kein Zufall eindringt und in denen die einzige Quelle des Schmerzes die Erinnerung ist; ihre Einwohner werden Engel genannt, ihre Armeen Heerscharen. Auf weniger literarische, aber viel radikalere Weise als Bibiano verbrachte er sein Leben damit, seine Nase in jede noch so bizarre Angelegenheit zu stecken, von der er Wind bekam. Seine Freundschaften waren vielfältig: Privatdetektive, Kämpfer für die Rechte von Minderheiten, Feministinnen im Exil kalifornischer Motels, Produzenten und Kinoregisseure, die nie einen Film drehen würden und ein ebenso wildes und einsames Leben führten wie er selbst. Die Mitglieder der Philip K. Dick Society, ein im Allgemeinen moderates, wenn auch enthusiastisches Völkchen, hielten ihn für einen Spinner, aber für einen harmlosen Spinner und guten Menschen, zumal er ein bemerkenswerter

Kenner der Werke von Dick war. Eine Zeit lang also lauerte Graham Greenwood in gespannter Erwartung auf Spuren, die Wieder auf seinem Weg durch die USA hinterlassen könnte, aber ohne Erfolg.

Die Spuren, die er andererseits im Palimpsest der chilenischen Dichtung hinterlässt, werden immer verschwommener: Ein mit dem Pseudonym *El Pilota* unterzeichnetes Gedicht in einer kurzlebigen Literaturzeitschrift, das man auf den ersten Blick für das dreiste Plagiat eines Gedichts von Octavio Paz halten könnte. Eine weitere, umfangreichere Dichtung in einer recht renommierten argentinischen Zeitschrift über eine alte indianische Angestellte, die voller Entsetzen aus einem Haus, vor dem Anblick eines Dichters, vor einer neuen Form der Liebe flieht und hinter der Bibiano, unermüdlich in seinen Interpretationen, Amalia Maluenda vermutet, eine Mapuche, die das Haus der Schwestern Garmendia versorgt hatte und in der Nacht ihrer Entführung verschwunden war. Einige Mitarbeiter der katholischen Kirche, die Nachforschungen über die Verschwundenen anstellt, schwören, sie hätten sie in der Gegend von Mulchén oder Santa Barbara gesehen, wo sie in Viehhütten der Kordillerentäler lebe, beschützt von ihren Enkeln und mit dem festen Vorsatz, niemals wieder mit irgendeinem Chilenen zu sprechen. Das Gedicht (Bibiano schickte mir eine Fotokopie) ist interessant, beweist aber nichts, nicht einmal, dass Wieder es geschrieben hat.

Alles deutet darauf hin, dass er der Literatur entsagt hat.

Sein Werk jedoch überdauert, auf verlorenem Posten zwar (so wie es ihm vielleicht gefallen hätte), aber es überdauert. Einige Jüngere lesen ihn, erfinden ihn neu, folgen ihm nach; doch wie folgt man jemandem, der sich nicht bewegt, der offenbar erfolgreich versucht, sich unsichtbar zu machen?

Schließlich kehrt Wieder Chile den Rücken, Chile und den Randgruppenpublikationen, in denen mit seinen Initialen oder unter unwahrscheinlichen Decknamen seine letzten Elaborate erschienen waren – lustlos angefertigte Arbeiten, Nachahmungen, deren Sinn sich dem Leser nicht erschließt –, und verschwindet, obwohl seine physische Abwesenheit (eigentlich war er immer ein Abwesender) den Spekulationen und widersprüchlichen bis leidenschaftlichen Lesarten, die sein Werk hervorruft, kein Ende setzt.

1986 wird dem Kreis, der sich um die Asche des verblichenen Kritikers Ibacache zusammengefunden hat, die Existenz eines Briefs zur Kenntnis gebracht (dessen Inhalt in kürzester Zeit an die Öffentlichkeit gelangt), der vermutlich von einem Freund Wieders abgeschickt wurde und dessen Tod mitteilt. In dem Brief ist von literarischen Testamentsvollstreckern die Rede, doch die Vertreter des Ibacache-Zirkels, die daran interessiert sind, dass ihr eigener Name und der des Meisters unbescholten bleiben, weigern sich rundheraus und ziehen es vor, nicht zu antworten. Bibiano zufolge ist die Nachricht falsch, wahrscheinlich sogar von den Anhängern des verstorbenen Kritikers selbst erfunden, die bereits ähnlichen Unsinn verzapfen wie ihr Meister.

Dennoch erscheint kurze Zeit später postum ein Buch von Ibacache mit dem Titel *Die Lektüren meiner Lektüren,* in dem Wieder zitiert wird. Das Buch, eine vermutlich apokryphe, vermeintlich leichte und liebenswerte Blütenlese und Anekdotensammlung, müht sich redlich, die entscheidenden Hintergrundlektüren der Autoren aufzulisten, die Ibacache im Laufe seiner ausgedehnten kritischen Rundumschläge so eifrig wie selbstgefällig glossiert hat. So finden sich Kommentare zu den Lektüren – und der Bibliothek – von Huldobro (überraschend), Neruda (vorhersehbar), von Nicanor Parra (Wittgenstein und die folkloristische chilenische Dichtung – wahrscheinlich ein Scherz, den sich Parra mit dem leichtgläubigen Ibacache erlaubt hat, oder ein Scherz Ibacaches mit seinen zukünftigen Lesern), von Rosamel del Valle, Díaz Casanueva und anderen mehr, wobei Enrique Lihn, der erklärte Feind des antiquarisierenden Apologeten, durch Abwesenheit glänzt. Unter den Jüngeren ist Wieder der jüngste (was das Vertrauen beweist, das Ibacache in ihn gesetzt hatte), und es ist die Aufstellung seiner Lektüren, bei der Ibacaches Prosa – sonst voll von Gemeinplätzen und Koloraturen, wie sie typisch sind für den etwas affektierten Zeitungsrezenseuren, der er im Grunde immer war – sich zurücknimmt und allmählich (ohne ins Stocken zu geraten!) den festlich-familiären Ton aufgibt, in dem er seine übrigen Abgötter, Freunde und Trabanten abhandelt. In der Einsamkeit seiner Studierstube versucht er Wieders Bild zu fixieren. Versucht sich in einer *tour de force* der Erinnerung Wieders Stimme, seine Geisteshaltung, sein während eines langen nächtlichen Telefonats erahntes Gesicht zu vergegenwärtigen, scheitert jedoch, wobei noch sein Scheitern einiges Wortgetöse verursacht und in seinen Anmerkungen deutlich wird, im Stilwandel seiner Prosa von keck zu doktoral (wie man es von lateinamerikanischen Schreiberlingen gewohnt ist), und von doktoral zu melancholisch, ratlos. Die Lektüren, die Ibacache Wieder unterstellt, sind mannigfaltig und entsprechen wohl mehr der Willkür des Kritikers, seiner *Kopflosigkeit,* als der Wirklichkeit: Heraklit, Empedokles, Aischylos, Euripides, Simonides aus Keos, Anakreon aus Teos, Kallimachos, Honestus aus Korinth. Mit der Bemerkung, dass Wieders wichtigste Hintergrundlektüre die *Anthologia Palatina* und die *Anthologie der chilenischen Dichtung* waren, erlaubt er sich einen Scherz auf Kosten des Autors (obwohl es, genau betrachtet, vielleicht nicht einmal scherzhaft gemeint war). Er betont, dass Wieder – jener Wieder, dessen Stimme wie der Regen, wie Schlechtwetter durch die Leitung drang (und wo ein Antiquar das sagt, darf man es getrost wörtlich nehmen) – den »Dialog eines Verzweifelten mit seiner Seele« kenne und sogar aufmerksam »Tis Pity She's a Whore« von John Ford gelesen habe, dessen gesammelte sowie mit anderen Autoren verfasste Werke von ihm mit minuziösen Kommentaren versehen wurden. (Dem von Natur aus ungläubigen Bibiano zufolge hatte Wieder höchstwahrscheinlich nur den auf Fords Theaterstück basierenden italienischen Film gesehen, der 1973 in die lateinamerikanischen Kinos kam und dessen größtes und vielleicht einziges Verdienst im Auftritt einer blutjungen, aufregenden Charlotte Rampling bestand.)

Der Exkurs über die Lektüren des »vielversprechenden Dichters Carlos Wieder« bricht unvermittelt ab, so als wäre Ibacache plötzlich bewusst geworden, dass er sich da in etwas verrennt.

Aber das ist noch nicht alles. In einem Artikel über Seemannsfriedhöfe an der pazifischen Küste – einem zotigen, verquasten Text in einem *Radierungen und Aquarelle* betitelten Band – beschreibt Ibacache ohne ersichtlichen Zusammenhang, auf halbem Weg zwischen einem Friedhof in der Nähe von Las Ventanas und einem anderen, in der Gegend von Valparaíso, eine Abenddämmerung in einem namenlosen Ort, einen leeren Platz, auf dem längliche, schwankende Schatten flimmern, sowie die Silhouette eines jungen Mannes in einem dunklen Regenmantel und mit einem Schal oder einem Tuch um den Hals, das sein Gesicht teilweise verdeckt. Ibacache und der Fremde unterhalten sich, doch zwischen beide legt sich der Lichtkegel einer Straßenlaterne, den keiner von ihnen zu durchschreiten wagt. Ihre Stimmen sind trotz der Entfernung, die sie trennt, klar verständlich. Zuweilen verfällt der Unbekannte in einen groben Slang, der nicht zu seiner wohlklingenden Stimme passen will, meist jedoch führen beide ihre Unterhaltung in korrektem Spanisch. Die Begegnung, die völlige Vertrautheit erkennen lässt, endet damit, dass, gefolgt von einem Hund, ein Liebespärchen den nächtlichen Platz betritt. Nach der Unterbrechung, die nicht länger dauert als ein Seufzer oder Wimpernschlag, bleibt Ibacache allein zurück, auf seinen Stock gestützt und über Merkwürdigkeit und Schicksal grübelnd. Dem Ergebnis nach konnte die Begegnung auch durch das Erscheinen zweier Polizisten beendet worden sein. Der Unbekannte löst sich inmitten der verwilderten Vegetation des Platzes und seiner Schatten in Luft auf. War es Wieder gewesen? Oder ein Traumgesicht des Kritikers? Man weiß es nicht.

Anders als sonst üblich festigen die Jahre und die widersprüchlichen oder ganz ausbleibenden Nachrichten

Wieders mythische Statur, bekräftigen seine angeblichen Äußerungen. Ein paar junge Enthusiasten ziehen in die Welt hinaus, um ihn zu finden und ihn, wenn schon nicht nach Chile zurückzuholen, zu einem Foto mit sich zu überreden. Alles vergebens. Wieders Spur verliert sich in Südafrika, Deutschland, Italien. Nach langer Pilgerfahrt, die andere als Urlaubsreise von ein, zwei oder drei Monaten bezeichnet hätten, kehren sie von ihrer Suche zurück, kleinlaut und völlig abgebrannt.

Carlos Wieders Vater, der vermutlich einzige Mensch, der seinen Aufenthaltsort kannte, stirbt 1990. Seine Grabnische liegt, von niemandem besucht, in einem der ärmlichsten Winkel des städtischen Friedhofs von Valparaíso.

Allmählich setzt sich in den literarischen Kreisen Chiles die im Grunde beruhigende Ansicht durch (die Zeiten beginnen sich zu ändern), dass Carlos Wieder wohl ebenfalls tot ist.

1992 taucht sein Name im Rahmen juristischer Ermittlungen über Folterungen und Verschwundene auf. Es ist das erste Mal, dass er in der Öffentlichkeit mit nichtliterarischen Themen in Verbindung gebracht wird. 1993 kommen seine Kontakte zu einer »Unabhängigen Einsatzgruppe« ans Licht, der man die Ermordung mehrerer Studenten in den Gegenden von Concepción und Santiago anlastet. 1994 erscheint das Buch eines chilenischen Journalistenkollektivs, in dem erneut von ihm die Rede ist. Und es erscheint das Buch von Muñoz Cano, der die Luftwaffe verlassen hat und in einem Kapitel in allen Einzelheiten (wenngleich seine Prosa zuweilen überschäumenden Emotionen und blank liegenden Nerven Tribut zollt) die nächtliche Fotoausstellung in der Wohnung in Providencia schildert. Einige Jahre zuvor hatte Bibiano O'Ryan in einem kleinen, auf schmale Gedichtbändchen spezialisierten Verlag *Die Wiederkehr der Hexenmeister* veröffentlicht. Das Buch wird ein Erfolg und beschert dem Verlag bis dahin unerreichte Auflagen. *Die Wiederkehr der Hexenmeister* ist ein spannender Essay (sein Stil verhehlt nicht den Einfluss der Kriminalromane, die wir beide während unserer gemeinsamen Zeit in Concepción verschlungen hatten) über faschistische Literaturbewegungen in Chile und Argentinien zwischen 1972 und 1989. An rätselhaften und absonderlichen Gestalten herrscht kein Mangel, die zentrale Figur jedoch, die einzige, die sich aus dem Abgrund und dem Gestammel dieses fluchbeladenen Jahrzehnts heraushebt, ist ohne Zweifel Carlos Wieder. Seine Gestalt erstrahlt in eigenem Licht, wie man in Lateinamerika aus meist traurigem Anlass zu sagen pflegt. Das Kapitel, das Bibiano Wieder widmet (das längste des Buchs) trägt den Titel *Die Erkundung der Grenzen,* und in ihm befasst er sich speziell mit dieser Ausstrahlung, wobei er von seiner ansonsten sachlichen und gemäßigten Tonlage abweicht. Man könnte meinen, er erzähle einen Horrorfilm. An einer Stelle zieht er einen nicht sehr glücklichen Vergleich zu William Beckfords *Vathek* und zitiert eine diesbezügliche Äußerung von Borges: »Ich behaupte, dass wir es hier mit der ersten wirklich grauenhaften Hölle der Literatur zu tun haben.« Seine Beschreibung, die Überlegungen, zu denen ihn Wieders Dichtung veranlasst, wirken unschlüssig, als würde ihn seine Gegenwart verwirren und den Faden verlieren lassen. Und tatsächlich, während Bibiano ironisch über die argentinischen und brasilianischen Folterknechte herzieht, erstarrt er innerlich, wenn er auf Wieder zu sprechen kommt, schlägt mit Adjektiven um sich, verfällt in Koprolalie und gibt sich alle Mühe, nicht zu zwinkern, um seinen Protagonisten (den Piloten Carlos Wieder, den Autodidakten Ruiz-Tagle) nicht am Horizont aus den Augen zu verlieren, aber niemand, und erst recht nicht in der Literatur, ist in der Lage, über einen längeren Zeitraum nicht zu zwinkern, und jedes Mal gerät Wieder aus dem Blickfeld.

Lediglich drei ehemalige Waffengefährten übernehmen seine Verteidigung. Alle drei sind pensioniert, alle drei fühlen sich der Liebe zur Wahrheit und einem selbstlosen Altruismus verpflichtet. Der erste, ein Heeresmajor, nennt Wieder einen sensiblen, gebildeten Menschen, auf seine Weise, versteht sich, nur ein weiteres Opfer einiger stigmatisierter Jahre, in denen das Schicksal der Republik auf dem Spiel stand. Der zweite, ein Feldwebel des militärischen Geheimdienstes, verlegt sich auf eine mehr alltägliche Beurteilung, sein Bild von Wieder ist das eines energischen, gewitzten, fleißigen jungen Mannes, und sehen Sie, es gab andere Offiziere, die haben sich auf die faule Haut gelegt, gewissenhaft im Umgang mit seinen Untergebenen, die er, ich will nicht sagen wie Söhne, denn die meisten von uns waren älter als er, aber doch wie jüngere Brüder behandelte, Brüderchen, nannte Wieder sie, manchmal auch zu ganz unpassender Gelegenheit, mit einem breiten, glücklichen Lächeln (aber glücklich worüber?) über das ganze Gesicht. Der dritte, ein Offizier, der ihn bei einigen – wenigen, wie er schnell hinzufügte – Einsätzen in Santiago begleitet hatte, gibt deutlich zu verstehen, dass Leutnant Wieder nur getan hat, was alle Chilenen zu tun hatten, tun mussten oder tun wollten, aber nicht konnten. In Bürgerkriegen sind Gefangene ein Klotz am Bein. Das war die Maxime, nach der Wieder und einige andere vorgingen, und wer könnte ihnen vorwerfen, inmitten des Erdbebens der Geschichte in der Erfüllung ihrer Pflicht zu weit gegangen zu sein? Manchmal, fügte er nachdenklich hinzu, ist ein Gnadenschuss eher eine Erlösung als eine äußerste Strafe: *Carlos Wieder sah die Welt von einem Vulkan aus, wissen Sie, er sah jeden von Ihnen und sah sich selbst wie aus großer Entfernung, und alle, entschuldigen Sie meine Offenheit, kamen ihm vor wie erbärmliche Würmer. So war er; in seinem Weltbild spielte die Natur keine passive Rolle, im Gegenteil, sie bewegte sich und geißelte uns, während wir armen Ignoranten diese Schläge dem Schicksal oder unserem Unglück zuzuschreiben pflegen …*

Schließlich erhebt ein mutiger, pessimistischer Richter Anklage gegen ihn im Rahmen eines Untersuchungsverfahrens, das nicht recht vorankommt. Selbstverständlich lässt sich Wieder nicht blicken. Ein anderer Richter lädt ihn, diesmal in Concepción, als Hauptverdächtigen in dem Prozess um die Ermordung von Angélica Garmendia und das Verschwinden ihrer Schwester und Tante. Als Überraschungszeugin erscheint Amalia Maluenda, die Mapuche-Haushälterin der Garmendias, und eine Woche lang wird ihr Auftreten vor Gericht zu einer Goldgrube für die Journalisten. Die Jahre scheinen Amalias Spanisch ausgelöscht zu haben. Ihre Aussagen sind durchsetzt von Mapuche-Wendungen, die die beiden jungen katholischen Priester, die als ihre Leibwächter keine Sekunde von ihrer Seite weichen, zu übersetzen versuchen. Die Nacht des Verbrechens ist zu einer langen Geschichte von Ermordungen und Ungerechtigkeiten verschmolzen. Ihre Geschichte ist in eine heroische, zyklische Dichtung eingesponnen (Epos), aus der ihre staunenden Zuhörer zum Teil ihre Geschichte, die Geschichte der Bürgerin und ehemaligen Haushälterin Amalia Maluenda, zum Teil die Geschichte Chiles heraushören. Eine Geschichte des Grauens. Und wenn sie von Wieder spricht, scheint der Leutnant eine und viele Personen zugleich zu sein: ein Eindringling, ein Liebhaber, ein Krieger, ein Dämon. Spricht sie von den Schwestern Garmendia, vergleicht sie diese mit der Luft, mit den guten Pflanzen, mit jungen Welpen. Wenn sie sich an die unheilvolle Nacht des Verbrechens erinnert, sagt sie, habe sie eine Spanier-Musik gehört. Als man sie auffordert, die Formulierung »Spanier-Musik« zu präzisieren, antwortet sie: Die pure Raserei, Herr Richter, die pure Sinnlosigkeit.

Keiner der Richter hat Erfolg. Zu groß sind die Probleme des Landes, als dass man sich für die immer schemenhaftere Gestalt eines mehrfachen Mörders interessieren würde, der seit langem verschwunden ist.

Chile vergisst ihn.

8

Ungefähr um diese Zeit betritt Abel Romero die Bühne, auf die ich nun ebenfalls zurückkehre. Auch uns hat Chile vergessen.

Romero war einer der berühmtesten Polizeibeamten der Allendezeit. Heute ist er ein Mann über fünfzig, klein, dunkelhäutig, die schwarzen Haare mit Gel oder Festiger frisiert. Sein Ruhm, seine kleine Legende, war eng mit zwei Kriminalfällen verbunden, die seinerzeit die Leser der *Schwarzen Chronik* in den chilenischen Zeitungen in Atem hielten, wie man zu sagen pflegt. Bei dem einen handelte es sich um einen Mord in Valparaíso (ein Puzzle, sagte Romero), der im Zimmer einer Pension in der Calle Ugalde verübt worden war. In der Stirn des Opfers klaffte eine Schusswunde, und der Riegel der Zimmertür war von innen vorgeschoben und mit einem Stuhl gesichert. Die Fenster waren fest verschlossen; außerdem wäre jeder, der durch sie hätte fliehen wollen, von der Straße aus gesehen worden. Die Tatwaffe lag neben dem Toten, weshalb das Urteil zunächst eindeutig lautete: Selbstmord. Aber nach den ersten Untersuchungen stellten die Gerichtsmediziner fest, dass das Opfer selbst keinen Schuss abgefeuert hatte. Der Tote hieß Pizarro, und schien keine Feinde gehabt zu haben; er führte ein geordnetes, eher zurückgezogenes Leben und hatte weder Beruf noch sonstige Mittel, seinen Lebensunterhalt zu verdienen, obwohl sich später herausstellte, dass seine Eltern, eine wohlhabende Familie aus dem Süden, ihm ein monatliches Fixum zukommen ließen. Der Fall weckte die Neugier der Zeitungen: Wie konnte der Mörder aus dem Zimmer gelangen? Den Riegel von außen vorzuschieben, wie man es bei anderen Zimmern der Pension erfolgreich versuchte, war fast unmöglich. Den Riegel vorzuschieben und obendrein die Tür mit einem unter den Türknauf geklemmten Stuhl zu verbarrikadieren, war undenkbar. Man untersuchte die Fenster: Wenn man sie von der äußeren Fensternische aus mit einem harten, präzisen Ruck zuschlug, rastete in einem von zehn Fällen der Riegel ein. Aber um auf diese Weise zu entkommen, musste man ein Kletterkünstler sein, auch durfte niemand von der Straße aus – und der Mord geschah zu einer Zeit, da sie gewöhnlich sehr belebt war – zufällig hinaufschauen, sonst wäre er entdeckt worden. Weil es aber der einzig mögliche Fluchtweg war, kam die Polizei schließlich zu dem Ergebnis, dass der Mörder durch das Fenster entkommen sein musste, und die Zeitungen tauften ihn den Kletterkünstler. Daraufhin schickte man Romero aus Santiago herüber, der den Fall binnen vierundzwanzig Stunden löste (nach weiteren acht Stunden Verhör ohne Romeros Beteiligung unterschrieb der Mörder ein Geständnis, das die eingeschlagene Untersuchungsrichtung im wesentlichen bestätigte). Wie Romero mir später erzählte, hatten sich die Dinge folgendermaßen abgespielt: Das Opfer, Pizarro, betrieb irgendwelche Geschäfte mit dem Sohn der Pensionswirtin, einem gewissen Enrique Martínez Corrales alias Enriquito oder Henry, Stammgast auf der Pferderennbahn von Viña del Mar, dem letzten, unvermeidlichen Sammelplatz all derer, so Romero, die ein elendes Leben führen oder das *schwarze Glück* gepachtet haben, wie Victor Hugo schrieb, dessen Romanwerk *Die Elenden* das einzige »Kleinod der Weltliteratur« ist, das Romero zugibt in seiner Jugend gelesen zu haben, obwohl er es – den Selbstmord von Javert ausgenommen – im Laufe der Jahre bedauerlicherweise völlig vergessen hat (auf *Die Elenden* komme ich später zurück). Dieser Enriquito steckte bis zum Hals in Schulden und schaffte es irgendwie, Pizarro in seine Geschäfte hineinzuziehen. Eine Zeit lang, solange Enriquitos Pechsträhne anhält, bestehen die beiden Freunde gemeinsame Abenteuer, die aus der Ferne durch die Eltern des Opfers finanziert werden. Eines Tages jedoch beginnen sich die Dinge für den Sohn der Wirtin zum Besseren zu wenden, und er gibt Pizarro den Laufpass. Der fühlt sich betrogen und es kommt zum Streit. Drohungen werden gewechselt, und eines Mittags stürmt Enriquito mit einer Pistole bewaffnet in das Zimmer von Pizarro. Er will ihn einschüchtern, nicht töten, doch auf dem Höhepunkt der Auseinandersetzung, als Enriquito den Revolver auf Pizarros Kopf richtet, löst sich zufällig ein Schuss. Was tun? In diesem Moment hat Enriquito mitten in seinem schlimmsten Alptraum den einzigen genialen Einfall seines ganzen Lebens. Er weiß, dass, wenn er einfach davonläuft, der Mord an Pizarro ungeschminkt ans Licht kommt, bald aller Verdacht auf ihn fallen wird. Er muss ihm also den Anstrich des Wunderbaren und Unwahrscheinlichen geben. Er verriegelt die Tür von innen, klemmt den Stuhl ein, legt dem Toten die Pistole in die Hand, verschließt die Fenster, und nachdem er alles für ein Selbstmordszenario arrangiert zu haben glaubt, versteckt er sich im Kleiderschrank und wartet. Er kennt seine Mutter und die übrigen Pensionsgäste, die in diesem Moment beim Essen oder im Wohnzimmer vor dem Fernseher sitzen, er ist sich völlig sicher, dass sie die Tür einschlagen werden, ohne auf die Polizei zu warten. Und tatsächlich, die Tür wird aufgebrochen, und Enriquito, der den Schrank nicht einmal richtig geschlossen hat, mischt sich seelenruhig unter die übrigen Hausbewohner, die mit Entsetzen auf Pizarros Leiche starren. Der Fall war kinderleicht, sagte Romero, aber er bescherte mir einen unverdienten Ruhm, den ich später teuer bezahlt habe.

Eine noch größere Popularität verschaffte ihm die Aufklärung des Entführungsfalls von Las Cármenes, einem Landgut in der Nähe von Rancagua, wenige Monate vor dem Sturz der Demokratie. Zentrale Figur in der Sache war Cristóbal Sánchez Grande, einer der reichsten Unternehmer des Landes, der verschwunden war, angeblich auf Betreiben einer linken Organisation, die für seine Freilassung ein exorbitantes Lösegeld forderte, das von der Regierung gezahlt werden sollte. Wochenlang tappte die Polizei im Dunkeln. Romero, der eine der drei Ermittlungskommissionen leitete, die nach Sánchez Grande suchten, erwog die Möglichkeit, dieser könnte sich selbst entführt haben. Mehrere Tag lang beschatteten sie einen Burschen von Patria y Libertad, der schließlich so unvorsichtig war, sie zum Landgut Las Cármenes zu führen. Dort befahl Romero einem Teil seiner Leute, das Haupthaus zu umstellen, ließ sich von den restlichen drei Feuerschutz geben und betrat, in jeder Hand einen Revolver und in Begleitung eines blutjungen Detektivs namens Contreras, der von allen der mutigste war, das Haus und verhaftete Sánchez Grande.

Bei dem Schusswechsel kamen zwei Schlägertypen von Patria y Libertad, die Leibwächter des Unternehmers, ums Leben, Romero und einer der Leute, die den Hinterausgang deckten, wurden verletzt. Für diese Aktion erhielt Romero von Allende persönlich die Tapferkeitsmedaille verliehen, die größte berufliche Befriedigung seines Lebens, eines mehr von Verbitterungen als angenehmen Erfahrungen erfüllten Lebens, wie er selbst sagt.

Natürlich erinnerte ich mich an seinen Namen. Er war eine Berühmtheit gewesen. Er tauchte gewöhnlich in der *Schwarzen Chronik* der chilenischen Zeitungen auf (vor oder nach dem Sportteil?), neben den Namen von Orten, die wir damals für schmachvoll hielten (was Schmach war, wussten wir nicht), eine Schaubühne des Verbrechens in der dritten Welt in den sechziger und siebziger Jahren: ärmliche Häuser auf freiem Feld, schlecht beleuchtete Erholungsheime. Und er hatte von Allende persönlich die Tapferkeitsmedaille erhalten. Die Medaille habe ich verloren, sagte er traurig, und ich habe keine Fotografie mehr von der Verleihung, aber ich erinnere mich daran, als sei es gestern gewesen. Noch immer wirkte er wie ein Polizist.

Nach dem Putsch saß er für drei Jahre im Gefängnis und ging anschließend nach Paris, wo er sich mit Gelegenheitsjobs durchschlug. Welcher Art diese Jobs waren, hat er mir nie verraten, in seinen ersten Jahren in Paris jedoch hatte er so ziemlich alles gemacht, von Kartons kleben bis Büroböden bohnern, eine Arbeit, die nachts erledigt wird, wenn die Gebäude geschlossen sind und man viel Zeit zum Nachdenken hat. Das Geheimnis der Gebäude von Paris. So nannte er die Bürogebäude, wenn es Nacht ist und alle Stockwerke dunkel sind, bis auf eins, und dann auch dort das Licht erlischt und ein anderes aufleuchtet, und dann dieses erlischt und immer so weiter. Wenn ein nächtlicher Spaziergänger oder ein arbeitender Mensch, der Kartons klebte, längere Zeit innehielt, konnte er sehen, wie jemand ans Fenster eines dieser verlassenen Gebäude trat und dort für eine Weile stehenblieb, rauchte oder, die Hände in den Hüften, die Stadt betrachtete. Das war dann ein Mann oder eine Frau des nächtlichen Reinigungsdienstes.

Romero war verheiratet, hatte einen Sohn und trug sich mit dem Gedanken, nach Chile zurückzukehren und ein neues Leben anzufangen.

Als ich ihn fragte, was er wolle (ich hatte ihn jedoch bereits hereingebeten und Wasser aufgesetzt, um uns einen Tee zu kochen), sagte er, er verfolge die Spur von Carlos Wieder. Bibiano O'Ryan habe ihm meine Adresse in Barcelona gegeben. Kennen Sie Bibiano? Nein, sagte er, nicht persönlich. Ich habe ihm geschrieben, er hat mir geantwortet, dann haben wir miteinander telefoniert. Typisch Bibiano, sagte ich und überlegte, wie lange ich ihn nicht mehr gesehen hatte: fast zwanzig Jahre. Ihr Freund ist ein netter Mensch, sagte Romero, und er scheint diesen Señor Wieder gut zu kennen, aber er glaubt, Sie würden ihn besser kennen. Das stimmt nicht, sagte ich. Es ist einiges Geld für Sie drin, sagte Romero, wenn Sie mir helfen, ihn zu finden. Während er das sagte, schaute er sich in meiner Wohnung um, so als berechnete er den Preis, für den er mich kaufen könnte. Ich dachte, er würde nicht wagen, diesen Weg weiter zu verfolgen, und beschloss daher, zu schweigen und abzuwarten. Ich schenkte ihm Tee ein. Er trank ihn mit Milch und schien ihn zu genießen. Wie er so an meinem Tisch saß, wirkte er noch kleiner und dünner, als er es in Wirklichkeit war. Ich kann ihnen zweihunderttausend Peseten anbieten, sagte er. Einverstanden, aber wie kann ich Ihnen helfen?

In Sachen Dichtung, sagte er. Wieder sei Dichter, ich sei Dichter; er sei kein Dichter, folglich brauche er, um einen Dichter zu finden, die Hilfe eines anderen Dichters.

Ich sagte, für mich sei Carlos Wieder ein Verbrecher und kein Dichter. Immer langsam, sagte Romero, wir wollen nicht intolerant sein, vielleicht hält Wieder oder sonstwer Sie für keinen oder für einen schlechten Dichter, sich selbst oder sonstwen aber für ein Genie, hängt von der Brille ab, durch die man schaut, wie Lope de Vega sagt, nicht wahr? Zweihunderttausend in bar und sofort? fragte ich. Zweihunderttausend bar auf die Hand, sagte er mit Nachdruck, aber vergessen Sie nicht, dass Sie von jetzt an für mich arbeiten, und ich will Ergebnisse. Wie viel zahlt man ihnen? Genug, sagte er, die Person, für die ich arbeite, hat genug Geld.

Am nächsten Tag kam er wieder und brachte mir einen Umschlag mit fünfzigtausend Peseten und einen Koffer voller Literaturzeitschriften. Den Rest bekommen Sie, wenn man mir das Geld überwiesen hat, sagte er. Ich fragte ihn, warum er glaube, dass Wieder noch am Leben sei. Romero lächelte (wenn er lächelte, erinnerte er an ein Wiesel oder eine Feldmaus) und sagte, sein Auftraggeber glaube, dass er noch am Leben sei. Und wie kommen Sie darauf, dass er in Europa ist und nicht in Amerika oder Australien? Ich habe mir ein Bild von dem Mann gemacht, sagte er. Dann lud er mich zum Essen ein, in ein Restaurant in der Calle Tallers, wo ich wohnte (er hatte sich, wenige Schritte von meinem Haus entfernt, in einer biederen, unauffälligen Pension einquartiert). Wir sprachen über seine Zeit in Chile, über das Land, wie wir es in Erinnerung behalten hatten, über die chilenische Polizei, die Romero (zu meiner Verblüffung) zu den Besten der Welt zählte. Sind Sie ein Vaterlandsfanatiker? fragte ich ihn, als wir beim Nachtisch saßen. Keineswegs, versicherte er, während meiner Zeit bei der Kripo gab es keinen Mord, der nicht aufgeklärt worden wäre. Und die Jungs, die zu uns kamen, waren studierte Leute, mit humanistischer Bildung, guten Abschlusszeugnissen und danach drei Jahren Polizeiakademie bei ausgezeichneten Lehrern. Ich erinnere mich, dass der Kriminologe González Zavala – Doktor González Zavala, er ruhe in Frieden – einmal sagte, dass die beiden besten Polizeiorganisationen der Welt, zumindest was die Morddezernate betrifft, die englische und die chilenische seien. Ich sagte ihm, er solle mich nicht zum Lachen bringen.

Um vier Uhr nachmittags verließen wir das Lokal, nachdem wir gegessen und zwei Flaschen Wein getrunken hatten. Spanischer Wein und Beisammensein, sagte Romero, besser als alles Französische. Ich fragte ihn, ob er etwas gegen Franzosen hätte. Seine Miene schien sich zu verdüstern und er sagte, er wolle fort, er sei schon zu lange dort, das sei alles.

Wir tranken Kaffee in der Bar Céritrico und sprachen über *Die Elenden*. Romero sah in Jean Valjean, der sich später in Madeleine verwandelte und dann in Fauchelevent, einen ganz gewöhnlichen Menschen, wie er einem im Gewühl lateinamerikanischer Städte über den Weg laufen könnte. Javert dagegen erschien ihm außergewöhnlich. Dieser Mann, sagte er, ist wie eine psychoanalytische Sitzung. Es war unschwer zu erraten, dass Romero nie eine Analyse gemacht hatte, und doch besaß dieser Bereich in seiner Vorstellung ein unvergleichliches Prestige. Javert, Victor Hugos Polizist, für den er Mitgefühl und Bewunderung empfand, war für ihn insofern wie ein Luxus, eine »Annehmlichkeit, wie wir sie nur selten genießen können«. Ich fragte ihn, ob er die Verfilmung gesehen habe, einen sehr alten französischen Film. Nein, sagte er; ich weiß, dass es ein Musical gibt, das in London gespielt wird, aber auch das habe ich nicht gesehen, es wird so sein wie *La Pérgola de las Flores*. Wie ich schon sagte, erinnere ich mich an nichts mehr in dem Roman, nur daran, dass Javert Selbstmord begeht. Stimmte das? Vielleicht hatte er sich ja im Film nicht umgebracht? (Nur zwei Bilder sind mir im Gedächtnis haften geblieben: Die von revolutionären Jugendlichen und Studenten überschäumenden Barrikaden von 1832 und die Gestalt Javerts, nachdem Valjean ihn gerettet hat, wie er an einem Mündungsrohr der Kanalisation steht, den Blick in der Ferne verloren, und dazu das an einen Wasserfall erinnernde, wahrhaft majestätische Tosen der Abwässer, die sich in die Seine ergießen. Obwohl es gut möglich ist, dass ich verschiedene Filme durcheinander bringe). Heutzutage, sagte Romero, während er die letzten Tropfen eines Kaffee-Cognac schlürfte, lassen sich die Polizisten bloß noch scheiden, zumindest in den Hollywood-Filmen. Javert dagegen begeht Selbstmord. Ist das nicht bezeichnend?

Später stieg er mit mir die vier Stockwerke zu meiner

Wohnung hinauf, öffnete seinen Koffer und packte die Zeitschriften auf den Tisch. Lesen Sie das in Ruhe durch, sagte er, ich mache derweil ein wenig Tourismus. Welches Museum können Sie mir empfehlen? Ich erinnere mich, dass ich ihm den ungefähren Weg zum Picasso-Museum beschrieb und wie man von dort zur Sagrada Familia kommt, dann brach Romero auf

Es vergingen drei Tage, bis ich ihn wiedersah.

Die Zeitschriften, die er mir dagelassen hatte, stammten alle aus Europa. Aus Spanien, Frankreich, Portugal, Italien, England, der Schweiz und Deutschland. Es gab sogar eine aus Polen, zwei aus Rumänien und eine aus Russland. In der Mehrheit waren es Fanzines mit kleiner Auflage. Die Art der Herstellung – außer bei einigen französischen, deutschen und italienischen Zeitschriften, die einen professionellen und solide finanzierten Eindruck machten – reichte von Fotokopien bis hin zu Hektographien (eins der rumänischen Blätter), und das Ergebnis war entsprechend; die mangelhafte Qualität, das schlechte Papier, das schäbige Layout deuteten auf Gossenliteratur hin. Ich blätterte alle durch. Romeros Ansicht nach musste man in einigen von ihnen auf Wieders Mitarbeit stoßen, unter anderem Namen, versteht sich. Es handelte sich nicht um die üblichen rechten Literaturzeitschriften: Vier von ihnen wurden von Skinheads herausgegeben, zwei waren unregelmäßig erscheinende Hooligan-Postillen, mindestens sieben räumten der Science-fiction den größten Raum ein, drei stammten von *wargame*-Clubs, vier huldigten dem Okkultismus (zwei italienische und zwei französische), davon eine (italienische) sogar der Teufelsanbetung, mindestens fünfzehn waren bekennende Nazi-Pamphlete, etwa sechs ließen sich der pseudohistorischen Strömung des »Revisionismus« zuordnen (drei französische, zwei italienische und eine schweizerische in französischer Sprache), eine, die russische, präsentierte sich als eine chaotische Mischung aller zuvor genannten, zumindest legten die Karikaturen den Schluss nahe (sie nahmen den meisten Raum ein, als wären plötzlich alle ihre potentiellen Leser zu Analphabeten geworden, aber günstig für mich, der ich kein Russisch kann), fast alle waren rassistisch und antisemitisch.

Am zweiten Tag meiner Lektüre begann mich die Sache wirklich zu interessieren. Ich lebte allein, hatte kein Geld, meine Gesundheit ließ ziemlich zu wünschen übrig, seit langem hatte ich nirgendwo etwas veröffentlicht, in letzter Zeit schrieb ich nicht einmal mehr. Mein Los erschien mir erbärmlich. Ich glaube, mir war das Selbstmitleid allmählich zur Gewohnheit geworden. Romeros Zeitschriften, die sämtlich auf dem Tisch lagen (ich hatte beschlossen, in der Küche im Stehen zu essen, um sie nicht wegräumen zu müssen), sortiert nach Herkunft, Erscheinungsdatum, politischer Ausrichtung oder literarischer Gattung, wirkten auf mich wie ein Gegengift. Ich fühlte mich körperlich unwohl an diesem zweiten Tag, aber mir wurde bald klar, dass dies nur eine Folge von zu wenig Schlaf und schlechter Ernährung war; ich beschloss also, auf die Straße hinunterzugehen, mir ein Käsesandwich zu kaufen und dann ein wenig zu schlafen. Als ich sechs Stunden später wieder aufwachte, war ich erfrischt, ausgeruht und hatte Lust weiterzulesen oder alles noch mal zu lesen (oder unter die Lupe zu nehmen, wie es im Zeitungsjargon lauten würde), wobei mich die Geschichte Wieders immer mehr gefangen nahm, die zugleich die Geschichte von etwas anderem war, wovon, das wusste ich damals noch nicht. Eines Nachts hatte ich in diesem Zusammenhang sogar einen Traum. Ich träumte, ich führe auf einem großen hölzernen Schiff, einer Galleone vielleicht, und wir überquerten den Großen Ozean. Ich befand mich auf einem Fest auf dem Achterdeck und schrieb ein Gedicht oder machte eine Eintragung ins Tagebuch und schaute dabei aufs Meer. Dann schrie plötzlich jemand *Tornado, Tornado!* – ein alter Mann, der sich aber nicht an Bord der Galleone, sondern auf einer Yacht oder auf einer Klippe befand. Genau wie in einer Szene in *Rosemary's Baby* von Polanski. In diesem Augenblick begann die Galleone zu sinken, und alle Überlebenden verwandelten sich in Schiffbrüchige. Ich sah Carlos Wieder an ein Branntweinfass geklammert im Meer treiben. Ich selbst hielt mich an einer morschen Planke über Wasser. In diesem Moment, als die Wellen uns voneinander trennten, begriff ich, dass Wieder und ich auf demselben Schiff gereist waren, nur dass er dazu beigetragen hatte, es zum Kentern zu bringen, und ich wenig oder nichts getan hatte, es zu verhindern. Als daher Romero nach Ablauf von drei Tagen wiederkam, empfing ich ihn fast wie einen Freund.

Er war weder ins Picasso-Museum gegangen noch zur Sagrada Familia, hatte jedoch das Museum des Camp Nou und das neue Aquarium besucht. Noch nie im Leben habe ich einen Hai aus solcher Nähe gesehen, beeindruckend, kann ich Ihnen sagen. Als ich ihn nach seiner Meinung über das Camp Nou fragte, meinte er, dass er schon immer der Ansicht war, dass dieses Stadion das beste von ganz Europa sei. Schade, dass Barcelona letztes Jahr gegen Paris Saint Germain verloren hat. Sie wollen mir doch nicht sagen, dass Sie »culé« sind, Romero. Er kannte das Wort nicht. Ich erklärte es ihm, und er fand es amüsant. Eine Weile wirkte er wie abwesend. Ich bin provisorisch übergelaufen, sagte er. In Europa bin ich für Barcelona, aber im Grunde meines Herzens ist mein Verein Colo-Colo. Was soll man machen, fügte er traurig und stolz hinzu.

Am Nachmittag, nachdem wir in einer Kneipe der Barceloneta zusammen gegessen hatten, fragte er mich, ob ich die Zeitschriften gelesen hätte. Ich bin dabei, sagte ich. Am nächsten Tag tauchte er mit einem Fernseher und einem Videorecorder bei mir auf. Das ist für Sie, betrachten Sie es als ein Geschenk meines Auftraggebers. Ich sehe nicht fern, sagte ich. Das ist ein Fehler, Sie ahnen nicht, wie viele interessante Dinge Ihnen entgehen. Ich hasse Spielshows, sagte ich. Einige sind sehr interessant, sagte Romero. Man sieht dort einfache Leute, Autodidakten, die gegen Gott und die Welt antreten. Ich erinnerte mich, dass Wieder in seinen fernen Tagen in Concepción ein Autodidakt war oder zu sein vorgab. Ich lese Bücher, Romero, und augenblicklich Zeitschriften, und manchmal schreibe ich. Schon gut, sagte Romero. Und fügte gleich darauf hinzu: Nehmen Sie es mir nicht übel, ich habe immer große Hochachtung für bettelarme Priester und Schriftsteller empfunden. Ich erinnere mich an einen Film mit Paul Newman, sagte er, in dem er einen Schriftsteller spielt, dem der Nobelpreis verliehen wird und der daraufhin zugibt, all die Jahre hindurch sein Geld mit Kriminalromanen verdient zu haben. Ich habe Respekt für diese Sorte Schriftsteller, sagte er. Also werden Ihnen noch nicht viele über den Weg gelaufen sein, sagte ich spöttisch. Romero bemerkte es nicht. Sie sind der erste, sagte er. Dann erklärte er mir, dass es nicht ratsam wäre, den Fernseher in seiner Pension zu installieren, und dass es notwendig sei, dass ich mir drei Filme anschaute, die er mitgebracht habe. Ich glaube, ich musste vor lauter Angst lachen. Sagen Sie mir nicht, dass Wieder darin vorkommt. In allen drei Filmen, jawohl, sagte Romero.

Wir bauten den Fernseher auf, und bevor wir den Videorecorder anschlossen, versuchte Romero auszuprobieren, ob sich ein Sender hereinbekommen ließ, doch es funktionierte nicht. Sie werden sich eine Antenne kaufen müssen, sagte er. Dann legte er die erste Kassette ein. Ich blieb am Tisch mit den Zeitschriften sitzen. Romero setzte sich in den einzigen Sessel, den es im Wohnzimmer gab.

Es waren Pornofilme billigster Machart. Nach der ersten Hälfte (Romero hatte eine Flasche Whisky mitgebracht und trank in kleinen Schlucken, während er sich den Film ansah) gestand ich ihm, dass ich nicht in der Lage sei, mir drei Pornofilme hintereinander anzuschauen. Romero wartete das Ende ab und schaltete dann den Recorder aus. Sehen Sie sich die Sachen heute Abend an, in aller Ruhe, wenn Sie allein sind, sagte er, während er die Whiskyflasche in einer Ecke der Küche verstaute. Soll ich Wieder unter den Darstellern suchen? fragte ich, bevor er ging. Romero lächelte geheimnisvoll. Die Hauptsache sind die Zeitschriften, die Filme sind eine Idee von mir, reine Routinesache.

An diesem Abend sah ich mir die beiden anderen Filme an, schaute mir dann noch einmal den ersten an und danach noch einmal die zwei anderen. Wieder tauchte nirgendwo auf. Auch Romero ließ sich am folgenden Tag nicht blicken. Ich nahm an, er wollte sich mit den Filmen nur einen Scherz erlauben. Wieders Gegenwart in meinen vier Wänden jedoch wurde zunehmend bedrückender, so als würden die Filme sie heraufbeschwören. Kein Grund, sich aufzuregen, hatte Romero bei irgendeiner Gelegenheit zu mir gesagt. Aber ich spürte, dass mein ganzes Leben drauf und dran war, vor die Hunde zu gehen.

Als Romero wiederkam, trug er einen nagelneuen Anzug, den er sich gerade gekauft hatte, und für mich hatte er ein Geschenk mitgebracht. Ich hoffte inständig, dass es sich nicht um ein Kleidungsstück handelte. Ich öffnete das Paket und fand einen Roman von García Márquez, den ich schon kannte, was ich ihm jedoch nicht sagte, und ein Paar Schuhe. Probieren Sie sie an, sagte er, ich hoffe, die Größe stimmt, spanische Schuhe sind in Frankreich sehr beliebt. Erstaunt stellte ich fest, dass mir die Schuhe wie angegossen passten.

Verraten Sie mir, was es mit den Pornofilmen auf sich hat, sagte ich. Ist Ihnen nichts aufgefallen, irgendetwas Ungewöhnliches, etwas, das Sie hellhörig gemacht hat? fragte Romero. An seinem Tonfall merkte ich, dass ihn die Filme, die Zeitschriften und alles andere, außer vielleicht seine geplante Rückkehr mit der Familie nach Chile, einen Dreck interessierten. Erwähnenswert ist allenfalls, dass dieser Scheißkerl Wieder mir in zunehmendem Maße keine Ruhe mehr lässt, sagte ich. Und finden Sie das gut oder schlecht? Machen Sie keine Witze, Romero, sagte ich. Schon gut, ich werden Ihnen eine Geschichte erzählen, sagte Romero, der Leutnant ist in all diesen Filmen gegenwärtig, allerdings hinter der Kamera. Wieder ist der Regisseur? Nein, sagte Romero, der Kameramann.

Dann erzählte er mir von einer Gruppe von Leuten, die in einer Villa am Golf von Tarent Pornofilme drehte. Eines Morgens, ein paar Jahre ist das jetzt her, waren alle tot. Man fand insgesamt sechs Leichen, drei Schauspielerinnen, zwei Schauspieler und den Kameramann. Man verdächtigte den regieführenden Produzenten und nahm ihn fest. Verhaftet wurde auch der Besitzer der Villa, ein Anwalt aus Corigliano mit Verbindungen zur kriminellen Hardcore-Pornoszene, wo vor laufender Kamera reale Gewaltverbrechen verübt werden. Alle hatten ein Alibi und wurden auf freien Fuß gesetzt. Nach einiger Zeit wurde der Fall zu den Akten gelegt. Welche Rolle spielte Carlos Wieder in der ganzen Angelegenheit? Es gab einen zweiten Kameramann, einen gewissen R. P English, den die italienische Polizei niemals ausfindig gemacht hatte.

English war Carlos Wieder? Als Romero mit seinen Nachforschungen begann, war er davon überzeugt, und eine Zeit lang reiste er quer durch Italien, auf der Suche nach Leuten, die English vielleicht gekannt hatten und denen er ein altes Foto von Wieder zeigte (das, auf dem Wieder neben seinem Flugzeug posierte), doch er fand niemanden, der sich an den Kameramann erinnerte, so als hätte es ihn nie gegeben oder als besäße er ein Gesicht, das sich keiner merken konnte. Endlich trieb er in einem Krankenhaus in Nimes eine Schauspielerin auf, die mit English gearbeitet hatte und sich an ihn erinnerte. Die Schauspielerin hieß Joanna Silvestri und war eine Perle, sagte Romero, ich schwöre Ihnen, sie war die schönste Frau, die ich je gesehen habe. Schöner als Ihre eigene? fragte ich, um ihn ein wenig zu ärgern. Na hören Sie, meine Señora ist nicht mehr die jüngste und zählt nicht, sagte Romero. Ich bin es übrigens auch nicht, fügte er fast augenblicklich hinzu. Tatsache ist, dass sie die schönste Frau war, die ich je gesehen habe, das schönste Mädchen, besser gesagt. Eine Frau, vor der man den Hut ziehen musste, glauben Sie mir. Wie sah sie denn aus? fragte ich. Blond, groß, mit einem Blick, der einen in die Kindheit zurückversetzte. Ein Blick wie Samt und Seide, in dem Traurigkeit und Entschlossenheit funkelten. Außerdem hatte sie eine wunderbare Figur und eine sehr weiße Haut, mit diesem olivfarbenen Schimmer, wie er im Mittelmeerraum häufig anzutreffen ist. Eine Frau, von der man mit offenen Augen träumt, mit der man aber auch zusammenlebt und schwere, bittere Stunden mit ihr teilt. Das verrieten mir ihre Figur, ihre Haut und ihr kluger Blick, sagte Romero. Ich habe sie nie anders als liegend gesehen, aber ich stelle mir vor, sie muss wie eine Königin gewesen sein. Die Klinik war nicht luxuriös, sie hatte jedoch einen kleinen Garten, der sich nachmittags mit Patienten füllte, die meisten von ihnen Franzosen und Italiener. Bei meinem letzten Besuch, als wir längere Zeit zusammen waren, schlug ich ihr vor, hinunterzugehen (vielleicht aus Angst, sie würde sich allein mit mir im Zimmer langweilen). Sie sagte, das könne sie nicht. Wir sprachen Französisch miteinander, manchmal jedoch sagte sie zwischendurch etwas auf Italienisch. Diesen Satz sagte sie auf Italienisch, mein Freund, während sie mich direkt ansah, und ich kam mir vor wie der hilfloseste, armseligste und gottverdammteste Trottel von der Welt. Ich weiß nicht, warum, fast hätte ich auf der

Stelle losgeheult. Aber ich riss mich zusammen und versuchte weiter über die Dinge zu reden, die mit meinem Auftrag zu tun hatten. Es amüsierte sie, dass ich Chilene war, auf der Suche nach einem gewissen English. Der chilenische Detektiv, sagte sie lächelnd zu mir. Sie hatte etwas von einer Katze, wie sie in ihrem Bett lag, die Arme verschränkt, mit mehreren Kissen im Rücken. Das Profil ihrer Beine unter den Decken war allein schon wie ein Wunder, aber nicht eins von der Sorte, die einem den Verstand rauben, sondern von denen, die uns wie ein Lufthauch berühren und ruhig werden lassen, ruhiger als vorher, meine ich. Meine Güte, wie schön sie war, sagte Romero plötzlich. War sie krank? Sie lag im Sterben, antwortete Romero, und war der einsamste Mensch von der Welt, zumindest war das die furchtbare Erkenntnis, zu der ich an den zwei Nachmittagen gelangte, die ich in der Klinik verbrachte, und trotzdem wirkte sie heiter und vergnügt. Sie unterhielt sich gern, und die Besuche taten ihr sichtlich wohl (offenbar bekam sie selten Besuch, obwohl, was weiß ich denn schon), immer las sie, wenn ich kam, oder schrieb Briefe oder sah fern mit Kopfhörern auf den Ohren. Sie las Tageszeitungen und Frauenzeitschriften. Ihr Zimmer war sehr aufgeräumt und roch angenehm. Sie und das Zimmer. Ich nehme an, sie kämmte ihr Haar und tupfte sich Kölnischwasser oder Parfüm auf Hals und Handgelenke, bevor sie Besuche empfing. Das stelle ich mir jedenfalls so vor. Als ich sie das letzte Mal sah, schaltete sie, bevor wir uns verabschiedeten, den Fernseher ein und suchte einen italienischen Sender, auf dem sie irgendetwas sehen wollte. Ich fürchtete, es könnte einer ihrer Filme sein. Ich schwöre Ihnen, ich hätte dann nicht gewusst, was passiert wäre, es hätte meinem Leben eine andere Wendung gegeben. Es handelte sich jedoch nur um eine Talkshow, in der ein alter Freund von ihr auftrat. Ich gab ihr die Hand und ging. In der Tür musste ich mich einfach noch einmal umdrehen und sie anschauen. Sie hatte bereits den Kopfhörer aufgesetzt und ihr Gesicht, Sie werden es nicht glauben, hatte einen grimmigen Ausdruck angenommen, ich weiß nicht, wie ich es besser beschreiben soll, als wäre das Krankenzimmer die Kommandobrücke eines Raumschiffs und sie die Kommandantin, die alles im Griff hatte. Und was ist schließlich passiert? fragte ich, ohne mich noch länger über Romero lustig machen zu wollen. Nichts ist passiert, sie erinnerte sich an English, beschrieb ihn mir ziemlich genau, doch in Europa dürften Tausende herumlaufen, auf die diese Beschreibung zutrifft, und auf dem alten Fliegerfoto konnte sie ihn nicht wiedererkennen, klar, es liegen über zwanzig Jahre dazwischen, mein Freund. Nein, sagte ich, was passierte mit Joanna Silvestri? Sie ist gestorben, sagte Romero. Einige Monate nachdem ich sie besucht hatte, las ich in Paris die Nachricht, in den Todesanzeigen von *Libération*. Und Sie haben nie einen Film mit ihr gesehen? fragte ich. Mit Joanna Silvestri? Nein, Mann, wo denken Sie hin, nie. Nicht einmal aus Neugier? Nicht einmal deswegen, ich bin ein verheirateter Mann und halbwegs erwachsen, sagte Romero.

An diesem Abend war ich es, der ihn zum Essen einlud. Wir aßen in der Calle Riera, in einem preiswerten und gemütlichen Restaurant; anschließend machten wir aufs Geratewohl einen Spaziergang durch das Viertel. Als wir an einer offenen Videothek vorbeikamen, sagte ich zu Romero, er solle mit reinkommen. Kommen Sie nicht auf die Idee, ein Video von ihr auszuleihen, hörte ich seine Stimme hinter meinem Rücken. Ich traue Ihrer Beschreibung nicht, sagte ich, ich will wissen, was sie für ein Gesicht hatte. Die Pornofilme nahmen drei Regale im hinteren Teil des Ladens ein. Ich glaube, ich war vorher erst einmal in einer Videothek gewesen. Seit langem hatte ich mich nicht mehr so gut gefühlt, wenngleich es in mir loderte. Romero suchte eine Weile. Ich sah, wie seine Hände, dunkle und sehnige Hände, über die Hüllen glitten, und schon das allein gab mir ein gutes Gefühl. Die ist es, sagte er. Er hatte Recht, sie war eine ausnehmend schöne Frau. Als wir hinausgingen, wurde mir bewusst, dass die Videothek das einzige Geschäft im Viertel war, das immer geöffnet hatte.

Als Romero am nächsten Tag bei mir vorbeikam, sagte ich ihm, dass ich glaubte, Wieder identifiziert zu haben. Würden Sie ihn wiedererkennen, wenn sie ihn sähen? Ich bin mir nicht sicher, antwortete ich.

9

Dies ist meine letzte Botschaft vom Planeten der Monster. Nie wieder werde ich in die uferlose Scheiße der Literatur eintauchen. In Zukunft werde ich bescheiden meine Gedichte schreiben und arbeiten, um zu überleben, und nicht den Versuch machen, etwas zu veröffentlichen.

Aus der Sammlung Zeitschriften, die sich auf meinem Tisch stapelten, hatten zwei meine Aufmerksamkeit geweckt. Mit den übrigen hätte man mühelos ein buntes Panoptikum der Schizophrenie und Psychopathologie erstellen können, diese beiden jedoch besaßen den Elan, die konzeptionelle Originalität, die Carlos Wieder anzog. Beide stammten aus Frankreich: die erste Nummer des *Literaturanzeigers von Evreaux* und die dritte Nummer der *Postille der Nachtwächter von Arras.* In jeder von ihnen stieß ich auf eine kritische Arbeit von einem gewissen Jules Defoe, nur dass er sich im *Literaturanzeiger* umständehalber der Versform bedient hatte. Zunächst jedoch muss ich etwas über Raoul Delorme und die Sekte der *Barbarischen Literaten* sagen.

Raoul Delorme, Jahrgang 1935, war Soldat und Verkäufer auf dem Viktualienmarkt, bevor er in einem Gebäude der Pariser Innenstadt eine feste Anstellung als Hausmeister fand, die sich mit einem leichten Wirbelsäulenschaden aus seiner Zeit als Fremdenlegionär besser vertrug. Als die Studenten 1968 auf die Barrikaden gingen und die zukünftigen Schriftsteller Frankreichs die Scheiben ihrer Gymnasien mit Pflastersteinen zertrümmerten oder die körperliche Liebe entdeckten, fasste er den Entschluss, die Sekte oder Bewegung der *Barbarischen Literaten* zu gründen. Während also die Intellektuellen die Straße eroberten, verkroch sich der ehemalige Fremdenlegionär in seiner winzigen Portiersloge in der Rue des Eaux und ging daran, seiner neuen Literatur eine Form zu geben. Die Vorbereitung bestand aus zwei augenscheinlich einfachen Prozeduren: Klausur und Lektüre. Für die erste Phase musste man sich mit einer Wochenration Lebensmittel eindecken oder fasten. Um sich unerwünschte Besuche vom Hals zu halten, war es außerdem erforderlich, wissen zu lassen, dass man für niemanden zu sprechen sei oder dass man für eine Woche verreise oder dass man sich eine ansteckende Krankheit zugezogen habe. Die zweite Phase war schon komplizierter. Delorme zufolge musste man mit den Werken der Weltliteratur verschmelzen. Das geschah auf recht seltsame Weise: Man schiss auf die Seiten von Stendhal, schneuzte sich in die Seiten von Victor Hugo, masturbierte und ejakulierte über den Seiten von Gautier oder Banville, erbrach sich auf die Seiten von Daudet, pinkelte auf die Seiten von Lamartine, schnitt sich mit Rasierklingen ins Fleisch und besudelte die Seiten von Balzac oder Maupassant mit Blut, kurz, man setzte die Bücher einem Prozess der Erniedrigung aus, den Delorme als Humanisierung bezeichnete. Das Ergebnis eines einwöchigen barbarischen Rituals war ein Zimmer oder eine Wohnung voller zerstörter Bücher, Schmutz und Gestank, worin der angehende Literat nackt oder in Unterhose keuchend nach Luft schnappte, zappelnd und verdreckt wie ein Neugeborenes, oder richtiger, wie der erste Fisch, der sich entschloss, den Sprung zu tun und außerhalb des Wassers zu leben. Delorme war der Ansicht, dass der *barbarische Literat* aus dieser Erfahrung innerlich gefestigt und, besonders wichtig, mit einer gewissen Versiertheit in der Kunst des Schreibens hervorgehen werde, mit einer Weisheit, die erlangt wurde durch die »reale Nähe«, die »reale Anverwandlung« der Klassiker (wie Delorme das nannte), durch eine körperliche Nähe, die alle durch Kultur, Akademie und Technik errichteten Barrieren sprengte.

Aus unerfindlichen Gründen hatte er bald eine Reihe von Anhängern. Es waren Leute wie er, ohne Bildung, aus einfachen Verhältnissen, die sich seit dem Mai 68 zweimal pro Jahr einzeln oder in Gruppen von zwei, drei und sogar vier Personen in winzigen Mansarden, Portierslogen, Hotelzimmern, Vorstadthäuschen oder Ladenräumen einschlossen und die Heraufkunft der neuen Literatur vorbereiteten, einer Literatur, die im Prinzip allen offenstand, in der Praxis aber, so Delorme, nur den wenigen, die fähig waren, die Brücke aus Feuer zu überqueren. In der Zwischenzeit begnügten sie sich mit der Herausgabe von Fanzines, die sie selbst an klapprigen Ständen in irgendwelchen Winkeln der zahllosen Märkte für alte Bücher und Zeitschriften verkauften, von denen Frankreichs Straßen und Plätze wimmeln. Die meisten *Barbaren* waren natürlich Dichter, einige jedoch schrieben auch Erzählungen oder versuchten sich an kurzen Theaterstücken. Ihre Zeitschriften besaßen nichtssagende oder phantastische Namen (der *Literaturanzeiger von Evreaux* enthielt eine Liste mit Veröffentlichungen der Bewegung): *Die Inneren Ozeane, Literari-*

sches Bulletin der Provence, Zeitschrift der Schönen Künste und Wissenschaften von Toulon, Die Neue Schule der Literatur etc. In der *Postille der Nachtwächter von Arras* (die tatsächlich von einem Verband der Nachtwächter von Arras herausgegeben wurde) erschien eine ziemlich anschauliche und skrupulöse Anthologie barbarischer Literatur. Unter der Überschrift »Wenn die Berufung zum Beruf wird« versammelte sie Poetisches von Delorme, Sabrina Martin, Ilse Kraunitz, M. Paul, Antoine Dubacq und Antoine Madrid. Alle waren sie mit jeweils einem Gedicht vertreten, nur Delorme und Dubacq mit drei respektive zwei Texten. Wie um das Ausmaß dichterischer Berufung zu unterstreichen, wurde der Leser in Klammern unter ihren Namen und neben einigen seltsamen passbildartigen Fotos über ihre jeweiligen Brotberufe aufgeklärt; so erfuhr man, dass die Kraunitz als Pflegehelferin in einer Geriatrie in Straßburg arbeitete, Sabrina Martin in verschiedenen Pariser Häusern Putzdienste verrichtete, M. Paul Schlachter war, Antoine Madrid und Antoine Dubacq ihren Lebensunterhalt als Verkäufer in zwei verschiedenen Zeitungskiosken eines zentralen Pariser Boulevards verdienten. Etwas an den Fotos von Delorme und seiner Clique machte einen fast unmerklich stutzig: Erstens blickten alle starr in die Kamera, dem Betrachter mithin direkt in die Augen, so als unternähmen sie gerade einen kindischen (oder zumindest vergeblichen) Hypnoseversuch; zweitens strahlten alle ohne Ausnahme Zuversicht und Selbstvertrauen aus, vor allem Selbstvertrauen, keine Spur von Lächerlichkeitsbewusstsein und Selbstzweifel, was bei französischen Literaten, wenn man es recht bedenkt, vielleicht gar nicht so ungewöhnlich ist. Auffällig waren die Altersunterschiede, die eine generationsbedingte Verbundenheit unter den Barbarischen Literaten ausschlossen. Zwischen Delorme mit seinen sechzig Jahren (die man ihm nicht ansah) und Antoine, der sicherlich keine zweiundzwanzig zählte, waren noch mindestens zwei weitere Generationen vertreten. Eingeleitet wurden die Texte sowohl in der einen als auch in der anderen Zeitschrift von einer »Geschichte der Barbarischen Literatur« eines gewissen Xavier Rouberg und einer Art Manifest von Delorme, mit dem Titel »Die Berufung zur Literatur«. Beide gaben Auskunft über die Ursprünge der *Barbarischen Literatur* und einige Stationen, die ihren unterirdischen und nicht immer ruhigen Kurs markierten – Delormes Text eher pedantisch und unbeholfen, der von Rouberg jedoch mit erstaunlicher Gewandtheit und Eleganz (eine kurze, wahrscheinlich von ihm selbst beigesteuerte bibliographische Anmerkung präsentierte ihn als Exsurrealisten, Exkommunisten, Exfaschisten und gegenwärtig zurückgezogen in Poitou lebenden Autor eines Buches über »seinen Freund« Salvador Dalí mit dem Titel *Dalí, Gegner und Befürworter der opera mundi*). Ohne die Angaben von Rouberg und Delorme hätte man sie gut und gern für engagierte (oder vielleicht mehr bereitwillige als engagierte) Mitglieder einer Literatur-AG irgendeines vorstädtischen Arbeiterviertels halten können. Ihre Gesichter waren Allerweltsgesichter: Sabrina Martin hatte die Dreißig in Richtung Verbitterung überschritten, Antoine Madrid besaß das Aussehen eines dieser unaufdringlichen Schnösel, die sich diskret im Hintergrund halten, Antoine Dubacq war ein kahler, kurzsichtiger Mittvierziger, die Kraunitz schien hinter der äußeren Erscheinung einer Büroangestellten undefinierbaren Alters ein enormes Potential labiler Energie zu verbergen, M. Paul war ein fünfzigjähriger Schwerenöter mit spillerigem Gesicht, Bürstenhaarschnitt, einer langen, fleischigen Nase, eng am Schädel anliegenden Ohren und vorspringendem Adamsapfel, Delorme schließlich, der Kopf der Gruppe, sah aus wie das, was er war, ein Exlegionär und willensstarker Typ. (Nur, wie kam dieser Mensch auf die Idee, dass man durch die Profanierung von Büchern sein mündliches und schriftliches Französisch verbessern könnte? Zu welchem Zeitpunkt seines Lebens entwarf er die Grundzüge seines Rituals?) Im Anschluss an die Texte von Rouberg (den der Herausgeber der *Postille der Nachtwächter von Arras* als den Johannes der Täufer der neuen literarischen Bewegung bezeichnete) fanden sich die Arbeiten von Jules Defoe. Im *Literaturanzeiger* ein Gedicht, in der *Postille* ein Essay. Letzterer verfocht in einem wüsten, abgehackten Stil eine Literatur, deren Autoren nichts mit Literatur am Hut hatten (so wie die Politik von Leuten gemacht werden musste, die der Politik fernstanden, was ja auch geschah und wozu sich der Autor beglückwünschte). Die noch ausstehende Revolution der Literatur, orakelte Defoe, wird in gewisser Hinsicht ihre Vernichtung sein: Wenn die Dichtung von Nichtdichtern gemacht und von Nichtlesern gelesen wird. Meiner Ansicht nach hätte das jeder schreiben können, sogar Rouberg selbst (nur dass sein Stil ein grundlegend anderer war: Rouberg, merkte man, war alt, war ironisch, war scharfzüngig, hatte einmal Geschmack besessen, war *europäisch;* formal gesehen war die Literatur für ihn ein schiffbarer Fluss, mit gefährlichem Fahrwasser zweifellos, aber ein Fluss und nicht ein aus unermesslicher Entfernung zur Erde betrachteter Orkan) oder auch Delorme höchstpersönlich (angenommen, die Schändung von Hunderten von Büchern der französischen Literatur des 19. Jahrhunderts hätte ihn Prosa schreiben gelehrt, eine sehr gewagte Annahme), kurzum: jeder, der Lust verspürte, die Welt in Brand zu stecken. Und doch sagte mir mein Gefühl, dass es sich bei diesem Vorkämpfer für das Werk eines ehemaligen Pariser Hausmeisters um Carlos Wieder handelte.

Über das Gedicht (ein narratives Gedicht, das mich, der Himmel möge mir vergeben, streckenweise an das poetische Tagebuch von John Cage erinnerte, durchsetzt mit Versen, die nach Julián del Casal oder Magallanes Moure in der französischen Übersetzung eines tollwütigen Japaners klangen) gibt es wenig zu sagen. Es besaß den endzeitlichen Humor von Carlos Wieder. Den Ernst von Carlos Wieder.

10

Erst zwei Monate später sah ich Romero wieder. Er war dünner geworden, als er wieder in Barcelona eintraf. Ich habe Jules Defoe gefunden, sagte er. Er war die ganze Zeit über hier in unserer Nähe. Es ist kaum zu glauben, nicht wahr? Romeros Lächeln erschreckte mich.

Er war dünner geworden und ähnelte einem Hund. Gehen wir, befahl er noch am selben Nachmittag. Er ließ seinen Koffer in meiner Wohnung und vergewisserte sich, dass die Tür fest verschlossen war. Ich hatte nicht erwartet, dass es so schnell gehen würde, brachte ich heraus. Romero blickte vom Flur aus zu mir herüber und sagte, machen Sie sich fertig, wir müssen eine kleine Reise unternehmen, ich werde Ihnen unterwegs alles erzählen. Haben wir ihn wirklich gefunden? fragte ich. Keine Ahnung, warum ich den Plural benutzte. Wir haben Jules Defoe gefunden, ja, sagte er und machte mit dem Kopf eine zweideutige Geste, die vieles bedeuten konnte. Ich folgte ihm wie ein Schlafwandler.

Ich glaube, ich hatte Barcelona schon Monate, vielleicht Jahre nicht mehr verlassen, und der Bahnhof Plaza Cataluña (wenige Schritte von meiner Wohnung entfernt) kam mir völlig unbekannt vor, hellerleuchtet und voller neuer Apparaturen, deren Verwendungszweck mir verborgen blieb. Ich wäre nicht in der Lage gewesen, mich mit der Umsicht und Schnelligkeit zurechtzufinden, die Romero an den Tag legte, der meine Unbeholfenheit in Reisedingen bemerkt oder von vornherein einkalkuliert hatte und mir den Weg durch die Automaten bahnte, die den Zugang zu den Bahnsteigen versperrten. Nachdem wir schweigend einige Minuten gewartet hatten, bestiegen wir einen Nahverkehrszug und fuhren am Maresme vorbei bis zu den ersten Ausläufern der Costa Blanca, ins jenseits der Tordera-Mündung gelegene Blanes. Während wir Barcelona verließen, fragte ich ihn, von wem er bezahlt würde. Von einem Landsmann, sagte Romero. Wir passierten zwei Metrostationen und erreichten die Vorstädte. Plötzlich tauchte das Meer auf. Eine kraftlose Sonne beschien die Strände, die sich aneinander reihten wie die im Leeren hängenden Perlen einer Kette ohne Körper. Ein Landsmann? Und welches Interesse hat er daran? Es ist besser, wenn Sie es nicht wissen, sagte Romero, denken Sie sich was aus. Zahlt er viel? (Wenn er viel bezahlt, dachte ich, können die Nachforschungen nur ein Ziel haben.) Ziemlich viel, es ist ein Landsmann, der in den letzten Jahren zu Geld gekommen ist, seufzte er, aber nicht im Ausland, sondern in Chile selbst. Sehen Sie, so spielt das Leben, anscheinend gibt es in Chile eine Menge Leute, die zu Geld kommen. Habe davon gehört, sagte ich in einem Ton, der sarkastisch klingen sollte, aber einfach nur traurig war. Und was werden Sie mit dem Geld anfangen, denken Sie noch daran, zurückzugehen? Ja, ich werde zurückgehen, sagte Romero. Nach einer Weile fügte er hinzu: Ich habe einen Plan für ein Geschäft, das nicht schiefgehen kann, ich habe in Paris viel darüber nachgedacht, es kann nicht schiefgehen. Und was für ein Plan ist es? fragte ich. Ein Geschäft, sagte er. Ich werde ein eigenes Geschäft aufziehen. Ich schwieg. Alle kehrten zurück mit der Absicht, ein Geschäft zu eröffnen. Durch das Zugfenster sah ich ein ausnehmend schönes Haus im modernistischen Stil, mit einer hohen Palme im Garten. Ich werde ein Bestattungsunternehmen aufmachen, sagte Romero. Ich werde klein anfangen, mein Junge, aber die Sache wird sich entwickeln, da bin ich sicher. Ich glaubte an einen Scherz. Verarschen Sie mich nicht, sagte ich. Ich meine es ernst: Das Geheimnis besteht darin, Leuten mit wenig Geld ein würdiges, ich würde sogar sagen, ein richtig vornehmes Begräbnis zu verschaffen (darin sind die Franzosen große Klasse, glauben Sie mir), ein bürgerliches Begräbnis für den Kleinbürger und ein kleinbürgerliches für den Arbeiter, das ist das ganze Geheimnis, nicht nur im Bestattungswesen, im Leben überhaupt! Die Hinterbliebenen zuvorkommend behandeln, sagte er nach einer Welle, sie auf die Herzensgüte, den Rang, die moralische Größe eines jeden Toten aufmerksam machen. Für den Anfang, sagte er, als der Zug Badalona hinter sich ließ und ich mich zu fragen begann, ob das, was wir zu tun im Begriff standen, Wirklichkeit und unausweichlich war, würden mir drei gut eingerichtete Zimmer reichen, eins als Büro und für das Herrichten des Verstorbenen, ein zweites für die Totenwache und schließlich ein drittes als Wartezimmer, mit Stühlen und Aschenbechern. Ideal wäre es, ein nahe der Innenstadt gelegenes einstöckiges Häuschen zu mieten, Wohnräume im ersten Stock, Bestattungsinstitut im Erdgeschoss. Es würde ein Familienunternehmen sein, meine Frau und mein Sohn könnten mir zur Hand gehen (obwohl ich mir bei meinem Sohn nicht sicher bin), trotzdem wäre es ratsam, eine Sekretärin einzustellen, jung, diskret und fleißig natürlich, Sie wissen doch: Wofür die

Leute bei der Totenwache und später bei der Beerdigung dankbar sind, ist die physische Nähe der Jugend. Natürlich muss der Chef (oder in seiner Abwesenheit irgendein Helfer), ohne viel Umstände zu machen, während der Totenwache den Angehörigen und Freunden des Verstorbenen Pisco oder andere Getränke reichen. Worauf es dabei ankommt, sind Einfühlungsvermögen und Taktgefühl. Nicht so tun, als habe der Tote einem nahegestanden, aber doch durchblicken lassen, dass das ganze Prozedere der eigenen Erfahrung nicht fremd ist. Man sollte mit gedämpfter Stimme sprechen, sollte Überschwenglichkeiten vermeiden, sollte beim Händeschütteln mit der Linken den Ellenbogen des Betreffenden drücken, sollte wissen, wen man umarmt und wann, sollte sich an der Unterhaltung beteiligen, sei es über Politik, über Fußball, über das Leben im Allgemeinen oder über die sieben Todsünden, ohne jedoch Partei zu ergreifen, wie ein gütiger, pensionierter Richter. An den Särgen lassen sich bis zu dreihundert Prozent verdienen. Ich habe einen Kumpel in Santiago aus der Zeit bei der Kripo, der sich auf die Herstellung von Stühlen spezialisiert hat. Mit ihm habe ich kürzlich wegen der Sache telefoniert, und er sagte, vom Stuhl zum Sarg sei es nur ein Katzensprung. Mit einem schwarzen Lieferwagen käme ich im ersten Jahr über die Runden. Die Arbeit, da können Sie sicher sein, erfordert weniger Schweiß als vielmehr Geschick im Umgang mit Menschen. Und wenn einer so viele Jahre im Ausland gelebt und etwas zu erzählen hat … In Chile kommen sie um vor Neugier auf solche Dinge.

Aber ich hörte Romero schon nicht mehr zu. Ich dachte an Bibiano O'Ryan, an die Dicke Posadas, an das

Meer, das vor meiner Nase lag. Einen Moment lang stellte ich mir die Dicke Posadas vor, in einem Krankenhaus in Concepción arbeitend, verheiratet, halbwegs glücklich. Sie war gegen ihren Willen die Vertraute des Teufels gewesen, aber sie lebte. Ich stellte mir sogar vor, sie hätte Kinder und wäre zu einer klugen und vernünftigen Leserin geworden. Dann sah ich Bibiano O'Ryan vor mir, der in Chile geblieben war und Wieders Spuren verfolgt hatte, sah ihn in einem Schuhladen arbeiten und unschlüssigen Frauen mittleren Alters oder wehrlosen Kindern Schuhe anprobieren, den Schuhlöffel in der einen, einen Karton mit Stöckelschuhen oder billigen Sandalen Marke Bata in der anderen Hand, lächelnd, aber mit seinen Gedanken woanders, bis er dreiunddreißig war, wie Christus, nicht mehr und nicht weniger; sah ihn dann erfolgreiche Bücher veröffentlichen und sie auf der Buchmesse von Santiago (von der ich nicht weiß, ob es sie gibt) signieren, stellte mir vor, er würde zeitweilig als Gastprofessor an nordamerikanischen Universitäten lehren, in einem Anfall von Leichtsinn Vorlesungen über die neuere chilenische Dichtung oder die aktuelle chilenische Dichtung halten (seriös wäre es gewesen, über den Roman zu sprechen) und dabei mich zitieren, wenn auch nur unter »ferner liefen«, aus purer Loyalität oder aus purem Mitleid mit einem seltsamen Dichter, der in Europa unter die Räder gekommen war … Ich sah ihn wie einen Sherpa den Gipfel seiner Karriere erklimmen, immer respektierter, immer bekannter und immer wohlhabender, in der günstigen Lage, ein für allemal seine Rechnung mit der Vergangenheit zu begleichen. Ich weiß nicht, ob in einer Anwandlung von Melancholie, Nostalgie oder gesundem

Neid (was in Chile gleichbedeutend ist mit dem grausamsten Neid), aber für einen Moment dachte ich, dass hinter Romero Bibiano stehen könnte. Ich sagte ihm das. Ihr Freund hat mich nicht angeheuert, sagte Romero, er hätte nicht das Geld, um mich auch nur anfangen zu lassen. Mein Auftraggeber, er senkte die Stimme, damit sie vertraulich klingen sollte, sie klang jedoch falsch, ist *wirklich* reich, verstehen Sie? Ja, sagte ich, die Literatur ist schon arm dran. Romero lächelte. Schauen Sie, das Meer, sagte er, und das Land, wie schön alles ist. Ich schaute hinaus. Das Meer, auf der einen Seite, schien völlig unbeweglich; auf der anderen Seite, in den Gärten des Maresme, schufteten einige Schwarze.

Der Zug hielt in Blanes. Romero sagte etwas, das ich nicht verstand, und wir stiegen aus. Meine Beine fühlten sich an wie verkrampft. Vor dem Bahnhof, auf einem quadratischen, nichtsdestoweniger rund erscheinenden Plätzchen, warteten ein roter und ein gelber Bus. Romero kaufte Kaugummis, und als er mein hohlwangiges Gesicht bemerkte, fragte er, wohl um mich aufzumuntern, in welchen der beiden Busse wir meiner Ansicht nach einsteigen würden. In den roten, sagte ich. Stimmt genau, sagte Romero.

In Lloret stiegen wir aus dem Bus. Wir befanden uns mitten in einem trockenen Frühling und nur wenige Touristen waren zu sehen. Wir liefen eine Straße hinab, danach zwei steile Straßen hinauf bis zu einem Viertel mit zumeist leerstehenden Sommerappartements. Es herrschte eine seltsame Stille. Aus einiger Entfernung waren Tierlaute zu hören, so als stünden wir in der Nähe eines Bauernhofs oder einer Koppel. In einem dieser seelenlosen Gebäude lebte Carlos Wieder.

Wie bin ich bis hierher gekommen? schoss es mir durch den Kopf. Durch wie viele Straßen musste ich laufen, um in diese Straße zu gelangen?

Im Zug hatte ich Romero gefragt, ob es schwierig gewesen sei, Delorme zu finden. Nein, hatte er geantwortet, ganz einfach. Er arbeitete nach wie vor als Hausmeister in Paris und betrachtete alle Besuche als mögliche Publicity. Ich gab mich als Journalist aus, sagte Romero. Das hat er Ihnen abgenommen? Natürlich hat er das. Ich sagte ihm, ich würde in einer kolumbianischen Zeitschrift die ganze Geschichte der *Barbarischen Literaten* veröffentlichen. Delorme war vergangenen Sommer in Lloret, sagte er. Tatsächlich gehört das Appartement, in dem Defoe wohnt, einem Mitglied seiner Bewegung. Armer Defoe, sagte ich. Romero schaute mich an, als hätte ich gerade etwas Dummes gesagt. Ich habe kein Mitleid mit diesen Leuten, sagte er. Jetzt lag das Gebäude vor uns: hoch, breit, gewöhnlich, die klassische Bauweise einer Zeit des aufstrebenden Tourismus, mit leeren Balkons und einer anonymen, lieblos gestalteten Fassade. Meines Erachtens wohnte hier niemand, außer vielleicht einigen Gestrandeten des vergangenen Sommers. Ich wollte wissen, welches Schicksal Wieder bevorstand. Romero antwortete nicht. Ich möchte kein Blutvergießen, flüsterte ich, als könnte mich jemand hören, dabei waren wir die einzigen Menschen auf der Straße. Ich vermied es in diesem Augenblick, Romero oder Wieders Haus anzuschauen, und fühlte mich wie in einem immer wiederkehrenden Alptraum. Wenn ich erwache, dachte ich, schmiert mir meine Mutter ein Mortadellasandwich und ich mache mich auf den Weg ins Gymnasium. Aber es gab kein Erwachen. Hier lebt er, sagte Romero. Das Gebäude, das ganze Viertel war menschenleer und wartete auf den Beginn der nächsten Touristensaison. Einen Moment lang glaubte ich, wir würden hineingehen und machte Anstalten, stehenzubleiben und in den Flur von Wieders Haus zu treten. Weitergehen, sagte Romero, und seine Stimme klang ruhig, wie die eines Mannes, der weiß, dass das Leben immer schlecht ausgeht und es nicht lohnt, sich aufzuregen. Ich spürte, wie seine Hand meinen Ellbogen berührte. Immer weitergehen, sagte er, und nicht umschauen. Ich vermute, dass wir ein seltsames Pärchen abgaben.

Das Gebäude ähnelte dem Fossil eines Vogels. Einen Moment lang hatte ich das Gefühl, als würden mich aus allen Fenstern Wieders Augen anstarren. Ich werde immer nervöser, sagte ich zu Romero, sieht man mir das an? Nein, mein Lieber, sagte Romero, Sie halten sich ganz gut. Romero wirkte gelassen, was mit dazu beitrug, mich zu beruhigen. Ein paar Straßenzüge weiter blieben wir vor einer Bar stehen, offenbar der einzigen im ganzen Viertel, die geöffnet hatte. Sie trug einen andalusischen Namen, und in ihrem Innern hatte man den eher melancholischen als gelungenen Versuch unternommen, das Ambiente einer typisch sevillanischen Taverne nachzubilden. Romero begleitete mich bis zum Eingang und schaute auf die Uhr. Irgendwann wird er kommen und einen Kaffee trinken. Und wenn er nicht kommt? Er kommt jeden Tag, sagte Romero, das ist sicher, und auch heute wird er kommen. Aber wenn er heute eine Ausnahme macht? Dann versuchen wir es morgen noch einmal, sagte Romero, aber er wird kommen, verlassen Sie sich darauf. Ich nickte. Schauen Sie ihn sich genau an, und geben Sie mir nachher Bescheid. Setzen Sie sich und rühren Sie sich nicht vom Fleck. Das wird mir schwer fallen, sagte ich. Versuchen Sie es. Ich lächelte: War nur ein Scherz. Das sind die Nerven, sagte Romero. Ich komme Sie abholen, wenn es dunkel wird. Albernerweise schüttelten wir uns kräftig die Hände. Haben Sie ein Buch zum Lesen dabei? Ja, sagte ich. Was für eins? Ich zeigte es ihm. Ich weiß nicht, ob das eine gute Idee ist, sagte er plötzlich zweifelnd. Das Beste wäre irgendeine Zeitung oder Zeitschrift. Keine Sorge, sagte ich, ich mag den Autor sehr. Romero schaute mich ein letztes Mal an und sagte: Bis nachher, also, und denken Sie daran, dass mehr als zwanzig Jahre vergangen sind.

Durch die Fensterfront der Bar sah man das Meer, einen tiefblauen Himmel und einige Fischerboote, die nahe der Küste ihre Netze auswarfen. Ich bestellte einen Milchkaffee und versuchte mich zu beruhigen, das Herz schlug mir bis zum Hals. Die Bar war nahezu leer. Eine Frau saß an einem der Tische und las in einer Illustrierten, zwei Männer unterhielten sich angeregt mit dem Mann hinter der Theke. Ich schlug mein Buch auf, *Die Zimtläden* von Bruno Schulz, und versuchte zu lesen. Nach ein paar Seiten merkte ich, dass ich nichts verstand. Ich las, aber die Worte zogen an mir vorüber wie unbegreifliche, geschäftige Käfer in einer geheimnisvollen Welt. Ich dachte wieder an Bibiano und an die Dicke. Ich wollte nicht an die Schwestern Garmendia denken, so fern die schon waren, ebenso wenig an die anderen Frauen, aber auch an sie musste ich denken.

Niemand kam herein, niemand rührte sich vom Fleck, die Zeit schien stillzustehen. Ich begann mich unwohl zu fühlen. Die Fischerboote auf dem Meer verwandelten sich in Segelboote (es musste also immerhin ein Wind gehen, dachte ich), die Küstenlinie lag grau und eintönig da, und ganz selten sah ich Spaziergänger oder einen Radfahrer, der die leere Strandpromenade entlangfuhr. Ich rechnete aus, dass man den Strand zu Fuß in fünf Minuten erreichen würde. Es ging immer nur bergab.

Man sah kaum Wolken am Himmel. Ein Bilderbuchhimmel, dachte ich.

Dann kam Carlos Wieder und setzte sich drei Tische von mir entfernt ans Fenster. Für einen Augenblick (in dem ich dachte, mir würden die Sinne schwinden) sah ich mich selbst fast unmittelbar neben ihm, einen Blick über seine Schulter werfend, grauenvoller siamesischer Zwilling, auf sein gerade geöffnetes Buch (ein wissenschaftliches Buch, ein Buch über die Erderwärmung, ein Buch über den Ursprung des Universums), so dicht neben ihm, dass er mich unmöglich übersehen konnte, doch wie Romero vorausgesagt hatte, Wieder erkannte mich nicht.

Ich fand ihn gealtert. So wie ich sicherlich auch. Doch nein. Er war sehr viel stärker gealtert, war fett geworden, hatte mehr Falten und sah mindestens zehn Jahre älter aus als ich, nicht zwei oder drei, wie in Wirklichkeit. Er schaute aufs Meer, rauchte und warf hin und wieder einen Blick in sein Buch. Genau wie ich, stellte ich mit Bestürzung fest, drückte meine Zigarette aus und versuchte, mich ganz in mein Buch zu vertiefen. Für einen Moment nahmen die Worte von Bruno Schulz monströse, fast unerträgliche Ausmaße an. Ich spürte, wie sich Wieders glanzlose Augen forschend auf mich richteten, während sich auf den Seiten, die ich umblätterte (etwas zu hastig vielleicht), die Käfer, die zuvor Buchstaben gewesen waren, in Augen verwandelten, in die Augen von Bruno Schulz, die sich ein ums andere Mal öffneten und schlossen, Augen, so hell wie der Himmel, gleißend wie der Rücken des Meeres, die sich ein ums andere Mal öffneten und blinzelten, inmitten völliger Dunkelheit, nein, keiner völligen Dunkelheit, inmitten einer milchigen Dunkelheit, wie im Innern einer schwarzen Wolke.

Als ich erneut zu Carlos Wieder hinübersah, hatte er mir sein Profil zugewandt. Er wirkte auf mich wie einer dieser harten Typen, wie es sie nur unter Lateinamerikanern gibt, und auch nur unter den über Vierzigjährigen, deren Härte sich von derjenigen der Europäer und Nordamerikaner vollkommen unterscheidet. Traurig und unheilbar. Wieder jedoch (jener Wieder, den zumindest eine der Schwestern Garmendia geliebt hatte) sah nicht traurig aus, und genau darin wurzelte die unendliche Traurigkeit. Er schien *erwachsen.* Aber er war es nicht, das erkannte ich sofort. Er war, so schien es, ganz Herr seiner selbst. Und auf seine Weise und nach seinen Gesetzen, welche das auch immer sein mochten, war er mehr Herr seiner selbst als alle, die wir hier in dieser stillen Bar saßen. Er war mehr Herr seiner selbst als viele, die in diesem Moment am Strand entlangliefen oder unsichtbar mit den Vorbereitungen für die bevorstehende Urlaubssaison beschäftigt waren. Er war hart und besaß nichts oder sehr wenig, und es machte ihm offenbar nicht viel aus. Er schien eine Pechsträhne durchzumachen, wirkte aber wie jemand, der warten kann, ohne die Nerven zu verlieren oder in Tagträume zu verfallen. Er sah nicht aus wie ein Dichter. Auch nicht wie ein ehemaliger Offizier der chilenischen Luftwaffe. Er sah nicht aus wie ein legendenumwobener Mörder. Und er sah nicht aus wie der Typ, der in die Antarktis geflogen war, um ein Gedicht in den Himmel zu schreiben. Nicht annähernd.

Er ging, als es zu dämmern begann. Er zog eine Münze aus der Hosentasche, die er als kleines Trinkgeld am Tisch zurückließ. Als ich spürte, wie sich hinter mir die Türe schloss, wusste ich nicht, ob ich lachen oder weinen sollte. Ich atmete erleichtert auf. Das Gefühl von Befreiung, von erledigtem Problem war so überwältigend, dass ich fürchtete, die Neugier der übrigen Anwesenden auf mich zu lenken. Die beiden Männer standen noch immer am Tresen, unterhielten sich in gedämpftem, gleichwohl angeregtem Ton und schienen alle Zeit der Welt zu haben. Der Kellner hatte eine Zigarette zwischen den Lippen und beobachtete die Frau, die von Zeit zu Zeit von ihrer Illustrierten aufschaute und ihm zulächelte. Sie musste um die dreißig sein und hatte ein sehr schönes Profil. Sie sah aus wie eine nachdenkliche Griechin. Oder wie eine Griechin fern der Heimat. Mit einem Mal fühlte ich mich hungrig und glücklich. Ich machte dem Kellner ein Zeichen und bestellte ein Brot mit Serranoschinken und ein Bier. Als er es mir brachte, wechselten wir ein paar Worte. Dann versuchte ich weiterzulesen, aber es gelang mir nicht und ich beschloss, auf Romero zu warten, während ich aß und trank und durch das Fenster aufs Meer schaute.

Nach einer Weile kam Romero und wir brachen auf. Zunächst schien es, als entfernten wir uns von Wieders Wohnung, in Wirklichkeit gingen wir jedoch im Kreis. Ist er es? fragte Romero. Ja, sagte ich. Ganz sicher? Absolut sicher. Ich wollte noch etwas hinzufügen, ethische und ästhetische Betrachtungen über das Verstreichen der Zeit (was Unsinn war, denn was Wieder betraf, war die Zeit ein Monolith), aber Romero beschleunigte seinen Schritt. Er ist bei der Arbeit, dachte ich. Wir sind bei der Arbeit, dachte ich mit Schrecken. Schweigend liefen wir durch Straßen und Gässchen, bis sich das Gebäude, in dem Wieder wohnte, gegen den vom Mond erleuchteten Himmel abzeichnete. Einzigartig, anders als die übrigen Häuser, die vor seiner Gegenwart zu schrumpfen, sich aufzulösen schienen, wie von einem Zauberstab berührt oder von einer Einsamkeit, die mächtiger war als die der anderen.

Unversehens betraten wir einen kleinen Park, dichtbewachsen wie ein Botanischer Garten. Romero wies auf eine Bank, die von den Zweigen fast verdeckt wurde. Warten Sie hier auf mich, sagte er. Zunächst nahm ich gehorsam Platz. Dann suchte ich in der Dunkelheit sein Gesicht. Werden Sie ihn töten? flüsterte ich. Romero machte eine Geste, die ich nicht erkennen konnte. Warten Sie hier auf mich, oder fahren Sie zum Bahnhof von Blanes und nehmen Sie den nächsten Zug. Wir sehen uns dann später in Barcelona. Töten Sie ihn besser nicht. Die Sache könnte uns ruinieren, Sie und mich, außerdem ist es unnötig, dieser Typ wird niemandem mehr etwas antun. Mich wird sie nicht ruinieren, mich wird sie reich machen. Und was die Frage betrifft, ob er niemandem mehr etwas antun wird, was soll ich sagen, die Wahrheit ist, dass wir es nicht wissen, nicht wissen können, wir sind nicht Gott, wir tun nur, was wir können. Sonst nichts. Ich konnte sein Gesicht nicht sehen, aber seine Stimme (eine Stimme, die aus einem völlig unbeweglichen Körper hervorkam) verriet mir, dass es ihn einige Anstrengung kostete, überzeugend zu wirken. Es lohnt nicht die Mühe, beharrte ich, alles ist vorbei. Niemand wird mehr irgendwem etwas antun. Romero klopfte mir auf die Schulter. Da mischen Sie sich besser nicht ein, sagte er. Ich bin gleich zurück.

Ich blieb sitzen und betrachtete die dunklen Sträucher, die Zweige, die sich verschränkten und ineinander flochten und ein Bild aus Wind und Zufall woben, während ich Romeros sich entfernenden Schritten lauschte. Ich zündete mir eine Zigarette an und dachte über unwichtige Dinge nach. Über die Zeit, zum Beispiel. Die Erwärmung der Erde. Die sich immer weiter entfernenden Sterne.

Ich versuchte, an Wieder zu denken, versuchte, ihn mir allein in seiner Wohnung vorzustellen, einer unpersönlichen Wohnung, wie ich mir ausmalte, im vierten Stock eines achtstöckigen leeren Gebäudes, wo er vor dem Fernseher saß oder in einem Sessel, trinkend, derweil Romeros Schatten sich unbeirrt auf ihre Begegnung zubewegte. Ich versuchte, wie gesagt, mir Wieder vorzustellen, aber es gelang mir nicht. Oder ich wollte nicht.

Eine halbe Stunde später war Romero wieder da. Unter dem Arm trug er eine Mappe mit Papieren, eine Mappe mit Gummizugverschluss, wie Schulkinder sie benutzen. Die Papiere beulten sie etwas, aber nicht allzu sehr aus. Die Mappe war grün, wie die Sträucher im Park, und leicht abgenutzt. Das war alles. Romero wirkte unverändert. Es schien ihm weder besser noch schlechter zu gehen als vorher. Er atmete ruhig. Mein Eindruck war, dass er aussah wie Edward G. Robinson. Als wäre Edward G. Robinson in einen Fleischwolf gestiegen und in veränderter Form wieder herausgekommen: magerer, dunkelhäutiger, behaarter, doch mit denselben Lippen, mit derselben Nase und vor allem mit denselben Augen. Wissende Augen. Augen, die alles für möglich halten, aber zugleich *wissen,* dass sich nichts ändern lässt. Gehen wir, sagte er.

Wir nahmen den Bus, der Lloret mit dem Bahnhof von Blanes verbindet, und von dort den Zug nach Barcelona. Während der Fahrt unternahm Romero zweimal den Versuch einer Unterhaltung. Das eine Mal lobte er die »entschieden moderne Ästhetik« der spanischen Züge. Das andere Mal sagte er, es sei jammerschade, aber er werde keine Gelegenheit haben, sich ein Spiel des FC Barcelona im Camp Nou anzuschauen. Ich sagte nichts oder gab einsilbige Antworten. Mir war nicht nach Unterhaltung zumute. Die Nacht jenseits der Zugfenster, erinnere ich mich, war klar und schön. Auf einigen Bahnhöfen stiegen Jugendliche ein, die schon nach einer Station wieder ausstiegen, als ginge es um ein Spiel. Wahrscheinlich fuhren sie in nahe gelegene Diskotheken, die den Reiz hatten, billig und leicht erreichbar zu sein. Alle waren unter achtzehn und einige markierten die großen Helden. Sie machten einen glücklichen Eindruck. Dann hielten wir in einem größeren Bahnhof und eine Gruppe von Arbeitern stieg ein, die ihre Eltern hätten sein können. Irgendwann danach passierten wir mehrere Tunnel und jemand, ein Mädchen, schrie, als im Waggon die Lichter ausgingen. Ich betrachtete Romeros Gesicht, es sah aus wie immer. Endlich, als wir am Bahnhof an der Plaza Cataluña ankamen, konnten wir reden. Ich fragte ihn, wie es gewesen sei. Wie solche Dinge eben sind, sagte Romero, schwierig.

Wir gingen zu Fuß zu meiner Wohnung. Dort öffnete er seinen Koffer, zog einen Umschlag heraus und reichte ihn mir. In dem Umschlag befanden sich dreihunderttausend Peseten. Ich brauche nicht so viel Geld, sagte ich, nachdem ich es gezählt hatte. Es gehört Ihnen, sagte Romero, während er die Mappe zwischen seiner Kleidung verstaute und dann den Koffer wieder verschloss. Sie haben es sich verdient. Nichts habe ich verdient, sagte ich. Romero antwortete nicht, ging in die Küche und setzte Wasser auf. Wo fahren Sie hin? fragte ich. Nach Paris, sagte er, um Mitternacht geht mein Flug; ich will diese Nacht in meinem eigenen Bett schlafen. Wir tranken einen letzten Tee zusammen, und später begleitete ich ihn hinunter zur Straße. Wir standen eine Weile am Straßenrand und warteten auf ein vorbeifahrendes Taxi, ohne zu wissen, was wir einander sagen sollten. Etwas Derartiges habe ich noch nie erlebt, gestand ich. Da bin ich mir nicht sicher, sagte Romero sehr sanft, wir haben schon schlimmere Dinge erlebt, denken Sie mal nach. Kann sein, gab ich zu, aber das hier war besonders entsetzlich. Entsetzlich, wiederholte Romero, als ließe er sich das Wort auf der Zunge zergehen. Dann lachte er ein leises Kaninchenlachen und sagte, na klar, wie sollte es auch nicht entsetzlich sein. Obwohl mir nicht nach Lachen zumute war, lachte ich mit. Romero betrachtete den Himmel, die Lichter der Häuser, die Scheinwerfer der Autos, die Leuchtreklamen; er sah klein und müde aus. Er müsste wohl bald sechzig sein, überlegte ich. Ich selbst war schon über vierzig. Ein Taxi hielt neben uns. Passen Sie auf sich auf, mein Lieber, sagte er und fuhr davon.